DUNKLE NACHT

KRIEGSJAHRE EINER FAMILIE

MARION KUMMEROW

Dunkle Nacht

Kriegsjahre einer Familie, Band 2

ISBN Printversion 978-3-948865-05-4

Herstellung und Verlag:

Marion Kummerow
Weißtannenweg 7
80939 München

Titelbildgestaltung: http://www.StunningBookCovers.com

Dieses Buch basiert auf einer wahren Geschichte, historische Persönlichkeiten und Vorfälle wurden sorgfältig recherchiert und wiedergegeben. Die Haupt- und Nebenpersonen wurden fiktionalisiert.

INHALT

KAPITEL 1

Deutschland, September 1943

Sekunden nachdem sie aufgewacht war, sauste Lotte Klausen die Treppe hinunter und rannte in die Küche. Neben dem Herd standen Tante Lydia und ihre fünf Kinder aufgereiht wie die Orgelpfeifen von der Jüngsten bis zum Ältesten. Gewaschen, gekämmt und hinreißend wie nie zuvor.

Als Lotte hereinstürmte, öffneten sie unisono den Mund und sangen „Zum Geburtstag viel Glück“ mit ihren süßen Kinderstimmen. Lotte war zu Tränen gerührt, obwohl sie eigentlich verärgert darüber war, ihren Geburtstag in diesem gottverlassenen Nest in Oberbayern, weit weg von ihrer Familie in der Hauptstadt, verbringen zu müssen.

„Alles Gute zum siebzehnten Geburtstag“, strahlte Tante Lydia und drückte Lotte gegen ihren dicken Bauch, in dem Kind Nummer sechs heranwuchs. Ihre Kinder taten es ihr nach und Lotte konnte kaum noch atmen, als sie von so vielen Leuten gleichzeitig umarmt wurde.

„Geschenke auf", verlangte die zweijährige Maria.

„Aber erst die Kerzen auf deinem Kuchen ausblasen", fügte der zehnjährige Jörg hinzu.

Auf ein Signal von Tante Lydia hin traten Lottes Vettern und Basen gehorsam zur Seite und Lotte starrte mit Ehrfurcht auf die Sahnetorte, die großzügig mit Schlagsahne und frischen Brombeeren dekoriert war. Zwei brennende Kerzen in Form einer Eins und einer Sieben bildeten den krönenden Abschluss.

„Vielen, vielen Dank." Lotte blinzelte die Tränen der Rührung weg, blies dann die Kerzen aus, schloss die Augen und machte ihren geheimen Geburtstagwunsch.

Ich will dieses gottverlassene Kaff verlassen.

„Was Wunsch? Was Wunsch?" Maria hüpfte auf und ab, während sie an Lottes Rock zog.

Lotte drückte einen Finger auf ihre Lippen und schenkte ihr ein geheimnisvolles Lächeln. „Du weißt, dass ich es nicht verraten darf, sonst wird es nicht wahr."

Die Kinder kicherten, als Lydia auf den Stuhl am Kopf des Tisches zeigte. „Willst du dich nicht setzen?"

„Natürlich, bitte entschuldige, Tante Lydia. Die Torte sieht wunderbar aus." Nachdem Lotte sich hingesetzt hatte, griff sie nach ihrem ersten Geschenk. Es war von ihrer Mutter, und als sie es öffnete, überkam sie Heimweh nach ihrer Familie. Sie erinnerte sich an glücklichere Zeiten vor dem Kriege, und bevor sie sie wegblinzeln konnte, rollte eine einzelne Träne über ihre Wange. Zeiten, als sie noch alle zusammengelebt hatten – Mutter, Vater und ihre älteren Geschwister, Ursula, Anna und Richard. Ihr Vater und ihr ein Jahr älterer Bruder hatten beide die gemeinsame Wohnung gegen einen Schützengraben eingetauscht und sie hatte seit Monaten nichts mehr von ihnen gehört.

Sie fügte einen zweiten Geburtstagswunsch hinzu. *Bitte, lass Vater und Richard sicher nach Hause kommen.*

Tante Lydia gab ihr ein Messer, mit dem sie vorsichtig das Klebeband öffnete. Dann machte sie die Schachtel auf und strich das Packpapier glatt, bevor sie es ihrer Tante gab. Immer sparsam, würde Lydia es aufheben und wiederverwenden.

Ein wunderschönes Sommerkleid lag in der Schachtel. Lotte holte es vorsichtig heraus und hielt es vor sich. Es war aus cremefarbenem Baumwollstoff, der mit leuchtend roten Kirschen und grünen Blättern bedruckt war. Das enganliegende Oberteil und die kurzen, schräg angeschnittenen Ärmel sahen so erwachsen aus, dass Lotte es kaum erwarten konnte, das Kleid anzuziehen.

„Es ist ein wunderschönes Kleid", sagte Lydia und strich mit den Fingern über den Stoff, während sie ihre Kinder davor warnte, es ihr nachzutun.

„Ja, das ist es. Und schau nur, der weite Rock wird wunderbar schwingen." *Wenn ich nur eine passende Gelegenheit hätte, es zu tragen.* „Es wird so toll an mir aussehen."

„Öffne deine anderen Geschenke", sagte ihre Tante.

Lotte nickte und griff nach dem Paket von ihren Schwestern. Wieder packte sie es vorsichtig aus.

„O du meine Güte, schaut euch das an!", rief sie und hielt ein Paar brandneue Turnschuhe hoch. Sie waren braun und hatten robuste weiße Gummisohlen.

Lydia hätte nicht zufriedener aussehen können. „Deine Schwestern haben ein gutes Geschenk gewählt."

Lotte blickte auf ihre abgetragenen Schuhe herab: Dort, wo sich die Sohle gelöst hatte, schaute ein rosa Zeh heraus. Im letzten Jahre war sie in die Höhe geschossen und auch ihre Füße waren gewachsen. Sie streifte ihr alten Schuhe ab und zog die neuen an. Dann wackelte sie mit ihren Zehen, während sie vor Begeisterung lachte. „Sie sind eine Wucht!“

Tante Lydia lächelte und gab ihr noch ein weiteres Paket. „Das ist von mir.“

In Kenntnis der Opfer, die ihre Tante hatte erbringen müssen, um ihr ein Geschenk zu machen, nahm sie die Schachtel ehrfürchtig in die Hand. „Danke.“

Kaum hatte sie die Verpackung geöffnet, blickte sie auf eine leuchtend gelbe Schürze, die ihre Tante für sie genäht hatte. „Oh! Sie ist wunderschön.“

„Ich bin froh, dass sie dir gefällt. Du kannst die Schürze während der Arbeit tragen, damit dein neues Kleid nicht schmutzig wird“, sagte Lydia.

Ihre Vettern und Basen, die im Alter von zwei bis zehn Jahren waren, hatten es satt zu warten und hüpften auf ihren Stühlen auf und ab. „Jetzt unsere Geschenke, Lotte. Mach sie auf.“

Lotte grinste und nahm die handgemalten Bilder, die sie ihr entgegenstreckten. Sie bewunderte die Kleinigkeiten gebührend, bis es schließlich Zeit für die Geburtstagstorte war. Maria kletterte auf Lottes Schoß, den Daumen tief in den Mund gesteckt.

„Dein Bild ist wunderschön, Maria“, sagte Lotte und drückte das kleine Mädchen fest an sich.

Maria nickte ernsthaft und kaute weiter auf ihrem Daumen. Lotte gab ihr einen Stups auf die Nase und bedankte sich dann der Reihe nach bei jedem der anderen Kinder. „Eure Bilder sind wirklich klasse.“

Lydia gab ihr das erste Stück Torte und Lotte steckte sich sofort einen Bissen in den Mund. Dann schloss sie die Augen und genoss, wie der süße Leckerbissen in ihrem Mund zerging. „Köstlich.“

Bald hatte jeder ein Stück Torte und das einzige Geräusch,

das man in der Küche hören konnte, war das Kauen von sieben Mündern. Die Kinder durften vom Tisch aufstehen, sobald sie fertig gegessen hatten, aber Lotte blieb noch mit ihrer Tante sitzen. „Danke für die Schürze und die Torte. Ich habe schon lange nicht mehr so etwas Leckeres gegessen."

Lydia seufzte. „Ich hatte Glück, weil ich ein Huhn gegen Honig tauschen konnte. Unsere Zuckerrationen hätten nicht annähernd gereicht."

Lydia war die jüngste Schwester von Lottes Mutter und vor mehr als einem Jahrzehnt hatte sie den Sohn eines Bauern geheiratet und war zu ihm nach Kleindorf gezogen.

Seit der Knecht und kurz darauf ihr Mann zur Wehrmacht eingezogen worden waren, führte sie den Hof allein, nur mit der Hilfe ihres zehnjährigen Sohnes und zwei seiner Freunde. Darüber hinaus zog sie fünf Kinder groß, trug ein weiteres unter dem Herzen und hatte ihre Nichte bei sich aufgenommen.

Mit dreißig Jahren hatte Lydia die schwieligen Hände und das verwitterte Gesicht einer alten Frau. Sie trug ihr langes, dickes, blondes Haar zu Schnecken über ihren Ohren geflochten, was sie noch strenger aussehen ließ.

„Dieser Krieg kann nicht ewig weitergehen", sagte Lotte und zog ihre neue Schürze an. Während sie die helle Farbe und die Mühen schätzte, die Lydia für das Geschenk aufgewendet hatte, hasste sie, dass die Schürze sie daran erinnerte, bei ihrer Tante auf dem Dorf leben zu müssen und nicht bei ihrer Mutter in Berlin. Sie wirbelte herum und blickte ihre Tante an. „Es ist höchste Zeit, dass jemand diese Nazis fortjagt."

„Pst!", schimpfte Tante Lydia. „Dein loses Mundwerk ist der Grund dafür, dass deine Mutter dich zu mir geschickt hat."

Lotte zog eine Grimasse, gab aber wohlweislich keine Widerrede. Nach einer Weile fragte sie: „Darf ich bitte meine Mutter und meine Schwestern anrufen?"

„Weil du Geburtstag hast, darfst du, aber du musst bis heute Abend warten, dann ist es billiger."

„Danke." Obwohl sie es geschafft hatte, ruhig zu bleiben, zitterte Lotte innerlich vor Empörung. Anstatt in der aufregenden Hauptstadt zu leben und alle möglichen spannenden Dinge zu unternehmen, war sie von ihrer Mutter aufs Land verbannt worden. Seit zweieinhalb Jahren fristete sie nun schon ihr Dasein in dem verlassenen Nest Kleindorf. Ein Dorf mit wenig mehr als hundert Einwohnern – wenn man die Hunde mitzählte. Und wessen Schuld war das?

„Wenn es diese verdammten Nazis nicht gäbe, müsste ich nicht um Erlaubnis betteln, einen Telefonanruf zu machen. Ich würde glücklich mit meiner Familie in Berlin leben." Lotte zitterte am ganzen Leib bei ihrem Gefühlsausbruch und Tränen der Wut erschienen in ihren Augen.

Lydia hielt beim Tisch abräumen inne und starrte sie an. „Charlotte Alexandra Klausen. Ich will kein Wort mehr davon hören! Eines Tages werden deine scharfe Zunge und dein unüberlegtes Handeln dich in echte Schwierigkeiten bringen und ich will nicht diejenige sein, die deiner Mutter die schlechte Nachricht überbringen muss. Hast du mich verstanden?"

Da sie schon oft ähnliche Warnungen erhalten hatte, zuckte Lotte nur mit den Schultern. Was sollte ihr schon passieren? Ernsthaft? In diesem abgrundtief langweiligen Dorf bestand die größte Gefahr darin, versehentlich beim Melken von einer Kuh getreten zu werden.

Später am Abend wählte sie die Nummer ihrer Mutter an und strahlte, als Anna den Anruf beantwortete. Anna war die mittlere Schwester, vier Jahre älter als Lotte, mit glattem blondem Haar, was sie wie einen zarten, demütigen Engel aussehen ließ – obwohl sie nicht dergleichen war.

Lottes Schwester war willensstark, ehrgeizig und unabhängig. Im Alter von zehn Jahren, nachdem sie zwei Jahre lang ihre Freizeit damit verbracht hatte, Frösche, Schnecken und andere Insekten zu sezieren, hatte sie angekündigt, Wissenschaftlerin zu werden, und zwar Humanbiologin. Dieser Berufswunsch hatte ihren Eltern viel Kummer bereitet, da sie es für einen völlig unangemessenen Beruf für eine Frau hielten. Nach Jahren des Kampfes sowohl gegen die konservative Denkweise ihrer Eltern als auch gegen das nationalsozialistische Ideal der zurückhaltenden und gehorsamen Hausfrau hatte Anna widerwillig nachgegeben und eine Ausbildung zur Krankenschwester begonnen. Lotte vermutete, dass es sich nur um eine vorübergehende Niederlage handelte. Für sie bestand kein Zweifel, dass Anna ihren Traum wieder verfolgen würde, sobald der Krieg vorbei war.

„Alles Gute zum Geburtstag, Schwesterchen", gratulierte Anna, ihre Stimme klang blechern durch die Leitung.

„Danke. Und vielen Dank für die Turnschuhe. Sie sind umwerfend! Sie passen wie angegossen. Eine Wucht!"

Ein Glucksen kam durch die Leitung. „Schön, dass sie dir so gut gefallen. Wie ist das Leben auf dem Land?"

„Frag' nicht", schmollte Lotte in den Hörer und senkte dann ihre Stimme. „Ich kann gerade nicht reden, aber wenn nicht bald was passiert, sterbe ich hier noch vor Langeweile."

Anna lachte. „Komm schon, es wird schon nicht so schlimm sein. Abgesehen davon willst du ganz bestimmt nicht in Berlin sein, wo wir praktisch jede Nacht einen Luftangriff haben."

„Du hast ja keine Ahnung." Lotte seufzte und blickte zu ihren Füßen. Wenigstens hatte sie jetzt gut passende Turnschuhe ohne Löcher. Ein deutliches Plus für das nächste Wettrennen gegen ihre Vettern.

„Willst du mit Ursula und Mutter sprechen?", fragte Anna.

Sie würde am liebsten stundenlang mit ihrer Schwester

reden, wusste aber, dass ihre Zeit bereits knapp wurde. „Ja, bitte."

„Alles Gute zum Geburtstag, Lotte." Ursula war die Älteste mit zweiundzwanzig Jahren und war mit den gleichen blonden Haaren gesegnet wie der Rest der Familie, mal abgesehen von Lotte. Lotte hatte feurigrote Haare mit von der Sonne gebleichten goldenen Strähnen. Wenigstens hatte Ursula auch Locken. Aber während Lottes Mähne an guten Tagen kaum zu bändigen war und an schlechten Tagen einem Haufen verknoteter Wolle glich, schaffte es Ursula irgendwie, ihr Haar in elegante Wellen zu kämmen.

„Danke. Es ist so schön, deine Stimme zu hören."

"Wie geht es unserem Nesthäkchen?", fragte Ursula. Normalerweise hasste es Lotte, so genannt zu werden, aber heute vermisste sie ihre Schwestern so sehr, dass sie sich nicht darüber aufregte.

„In Anbetracht der Umstände geht es mir gut", antwortete Lotte mit betrübter Stimme.

„Die Umstände sind völlige Langeweile, nehme ich an?" Ursula kicherte ins Telefon und Lotte konnte nicht anders, als mit ihr zu lachen. „Kopf hoch, Süße. Lass mich Mutter ans Telefon holen."

Lotte wartete und einen Moment später hörte sie die Stimme ihrer Mutter. „Charlotte, Liebling! Alles Gute zum Geburtstag, meine Kleine."

Die Worte waren wie ein warmer Umhang, der sich um ihre Schultern legte. „Danke, Mutter. Das Kleid ist so wunderschön."

„Ich hoffe, es passt dir."

„Es passt perfekt." Lotte trug bereits das neue Kleid und bewegte ihre Hüften, um den Rock zum Schwingen zu bringen, obwohl ihre Mutter das natürlich nicht sehen konnte.

„Und ich liebe es, wie der Rock um meine Knie schwingt. Er ist eine Wucht!“

Das war ihr neues Lieblingswort.

„Eine Wucht?“ Lotte *sah,* wie ihre Mutter die Augenbraue ob der Wahl ihrer Worte hob. „Benimmst du dich auch anständig und machst Lydia keinen Kummer?“

„Natürlich, Mutter. Aber bitte, wann kann ich wieder nach Hause kommen?“ Zweieinhalb Jahre auf dem Land fühlten sich an wie ein ganzes Leben, und Lotte hatte größere Träume, als Kühe zu melken oder Getreide zu ernten.

„Oh, Liebling. Wir haben das schon so oft besprochen. Du bist zu unverblümt und unvorsichtig. Eine negative Bemerkung über das gegenwärtige Regime, die von der falschen Person aufgeschnappt wird, kann nicht nur dich, sondern unsere ganze Familie gefährden.“

„Ich hasse es hier“, flüsterte Lotte. Tante Lydia war nett, und Lotte liebte ihre Vettern und Basen, aber es war nicht dasselbe, wie bei ihrer eigenen Familie zu sein.

„Ich wünschte auch, du könntest bei uns sein, aber im Moment ist es bei Lydia am sichersten für dich.“

„Wenn's sein muss. Aber nur, bis der Krieg vorbei ist, ja?“ Lotte fragte sich, was passieren würde, wenn Hitler den Krieg gewann. Müsste sie dann für den Rest ihrer Tage an diesem verlassenen Ort leben? Gott, nein! Das durfte nicht geschehen!

„Wir werden sehen. Kannst du mir bitte kurz Lydia geben?“

„Natürlich. Auf Wiederhören, Mutter.“ Lotte war voller Heimweh, als sie nach ihrer Tante rief.

Lotte übergab ihrer Tante den Hörer und verließ den Raum. Mit feuchten Augen zog sie die neue Schürze über und ging in den Stall, um die Kühe zu melken. Der Arbeit war es egal, dass sie heute Geburtstag hatte.

KAPITEL 2

Der Sommer war außergewöhnlich heiß, und Lotte und ihre beiden ältesten Vettern beeilten sich, ihre Aufgaben zu erledigen. In der Hitze des Nachmittags machten sie sich auf den Weg zu einem nahegelegenen Weiher, der von großen Bäumen umgeben war. Nachdem sie eine Weile im kühlen Wasser herumgetobt hatten, streckten sie sich auf dem Gras aus und ließen sich von der Sonne trocknen.

Lotte schaute auf ihre neuen Turnschuhe. Ein Grinsen breitete sich über ihr Gesicht aus und sie konnte der Versuchung nicht widerstehen.

„Wer zuerst auf dem Baum ist, gewinnt", rief sie und band die Schnürsenkel in Windeseile zu Schleifen. Nur mit ihrem Badeanzug und ihren wunderschönen Geburtstagsschuhen bekleidet, rannte sie zum höchsten Baum und kletterte wie ein Affe von Ast zu Ast.

„Ich habe gewonnen", verkündete Lotte im Singsang, sobald sie mit hämmerndem Herzen den Baumwipfel erreicht hatte.

Jörg, ihr ältester Vetter, starrte sie wütend an. „Das liegt nur daran, dass du diese tollen neuen Turnschuhe bekommen hast. Ansonsten …"

„Ausreden, nichts als Ausreden", sagte sie und bejubelte sich selbst. „Ich gewinne immer. Ich bin der schnellste und beste Kletterer der Welt."

Sie stiegen wieder hinunter auf den Boden und kühlten ihre zerkratzten Hände und Knie im Weiher. Viel zu früh läutete die Kirchenglocke sechs Mal.

„Wir gehen besser zurück, sonst kriegen wir Ärger mit Mama", sagte Jörg. Trotz seiner zehneinhalb Jahre schulterte er den größten Teil der Schwerarbeit auf dem Hof und tat so, als wäre er der Mann im Haus.

„Ja, wenn wir unsere Aufgaben vernachlässigen, bekommen wir sicher keine Bonuspunkte." Lotte schlüpfte in ihre Schürze und sie jagten sich gegenseitig zurück auf den Bauernhof. In der großen Scheune schnappte sie sich den Milcheimer und den Holzschemel, während am Eingang die Kühe bereits Schlange standen.

„Wie war noch mal dein Name? War es Maribelle oder Bess?", wandte sie sich an die erste Kuh in der Schlange, aber diese schien keine Meinung zu haben. Nicht einmal ein Muhen deutete auf ihre Vorliebe für einen der Namen hin. Lotte füllte den Eimer und goss den Inhalt in die riesigen Kannen neben dem Scheunentor. Von der Milch, die sie behalten durften, würde sie am nächsten Tag den Rahm abschöpfen und Tante Lydia würde daraus Butter schlagen.

Seit Onkel Peter und der Knecht bei der Wehrmacht waren, lebte kein erwachsener Mann mehr auf dem Hof und alle Kinder, mit Ausnahme der beiden Jüngsten, mussten mithelfen. Lottes tägliche Aufgabe war es, sich um die Tiere zu kümmern – das Melken der Kühe, das Sammeln der Eier aus dem Hühnerstall, das Füttern der Hühner und der Schweine. Sandra kümmerte sich um den Gemüse- und Kräutergarten, während Jörg für den Traktor, die Aussaat, das Pflügen, Mähen und alles andere Mechanische zuständig war. Helmut pflegte die große Streuobstwiese.

Wenigstens eines ist in Kleindorf besser als daheim, dachte Lotte, als sie sich nach einem großen Schluck frischer, warmer Milch die Sahne von den Lippen leckte. In den wenigen Wochen, die sie im Januar bei ihrer Familie verbracht hatte, hatte sie aus erster Hand erfahren, wie viel besser und reichhaltiger das Essen auf Lydias Bauernhof war als das, was man auf Rationskarten in Berlin bekommen konnte.

Sie gab der Kuh einen Klaps aufs Hinterteil und diese trottete davon, während die nächste in der Schlange näherkam, um gemolken zu werden. Lotte war so sehr in ihre Arbeit vertieft, dass sie erschrocken aufsprang und dabei fast den Eimer umstieß, als sie plötzlich eine Stimme hörte.

„Lotte?"

Lotte sah sich um, konnte aber niemanden sehen. Ihr Herz hämmerte hart gegen ihre Rippen. „Ja. Wer bist du? Und wo bist du?"

„Ich bin's, Rachel." Ein dünnes Mädchen in Lottes Alter mit dunkelbraunen Haaren und braunen Augen erschien.

„Du hast mich erschreckt." Lotte lächelte das Mädchen vom Nachbarhof an, aber ihr Lächeln gefror, als sie den Horror in Rachels Augen und die getrockneten Tränen auf ihren Wangen bemerkte. „Was ist los? Was ist passiert?"

Rachel sank auf den Boden und schluchzte. „Sie haben heute meine Eltern verhaftet und Herr Keller hat unseren Hof übernommen." Herr Keller war nicht nur Bürgermeister der Kreisstadt Mindelheim, sondern auch Polizeichef und Parteichef.

„Was? Warum sollten sie deine Eltern verhaften?", platzte Lotte heraus. „Sie haben nichts Falsches gemacht." Natürlich wusste sie, dass in der Stadt jeder Bürger wegen einer Lappalie verhaftet werden konnte. Aber hier in Kleindorf? Das war noch nie zuvor passiert. Die Menschen hier kümmerten sich um ihre eigenen Angelegenheiten, arbeiteten auf ihren Bauernhöfen und blieben der Politik fern. Jedenfalls die meiste Zeit.

Lottes Blick fiel auf den gelben Stern an Rachels Kleid und es lief ihr eiskalt den Rücken hinunter. Rachels Eltern waren Tante Lydias nächste Nachbarn, ihr Bauernhof nur etwa einen Kilometer die Hauptstraße hinunter. Aber seit Rachel und ihre jüngeren Geschwister nicht mehr zur Schule gehen durften, hatte Lydias Familie kaum mehr Kontakt mit ihren Nachbarn.

Rachel schluchzte leise und gab keine Antwort. Und es war auch keine Antwort notwendig. Juden mussten nichts falsch machen. Sie *waren* falsch, einfach dadurch, dass es sie gab.

„Jemand muss diesem schrecklichen Mann sagen, dass er sich um seine eigenen Angelegenheiten kümmern soll. Was gibt ihm das Recht, herumzugehen und anderen Leuten ihr Zuhause zu stehlen?", schimpfte Lotte auf Herrn Keller.

Das Schluchzen verstärkte sich und Lotte richtete ihren Fokus auf das unmittelbarere Problem. „Weißt du, wohin sie deine Eltern gebracht haben?"

Es dauerte einige Sekunden, bis Rachel wieder sprechen konnte, mit einer Stimme, die rau vor Anspannung war. „Ich bin ihnen in sicherer Entfernung gefolgt und habe gesehen, wie sie in einen dieser großen Eisenbahnwaggons geschoben wurden. Weißt du, solche, die sie für das Vieh benutzen?"

Lotte nickte, aber sprach nicht laut aus, was sie beide wussten. Leute, die in Viehwaggons stiegen, wurden nie wiedergesehen oder -gehört. Niemand wusste, wohin man sie brachte, aber es war sicherlich kein schöner Ort.

„Wo sind deine Geschwister? Haben sie die auch mitgenommen?" Lotte umarmte das verzweifelte Mädchen, das unter anderen Umständen ihre Klassenkameradin – vielleicht sogar Freundin – gewesen wäre.

Rachel schüttelte den Kopf. „Wir sind gerade vom Beeren und Pilze Sammeln im Wald zurückgekehrt. Ich habe ihnen gesagt, sie sollen weglaufen und sich verstecken. Seit unsere letzte Kuh gestorben ist und wir dieses Jahr kein Saatgut kaufen durften, haben wir nur die Rationen, die sie uns geben."

„Es tut mir so leid." Lotte umarmte sie noch einmal. Sie wusste, dass Juden reduzierte Rationen erhielten und immer zuletzt bedient wurden – wenn überhaupt.

„Lotte, wir müssen uns irgendwo verstecken", sagte Rachel und wischte ihr Gesicht mit dem Handrücken ab.

„Ich frage Tante Lydia." Lotte überlegte nicht lange, bevor sie das Angebot machte. „Finde deine Geschwister und triff mich in einer Stunde in der Scheune."

„Danke." Die Erleichterung in Rachels großen braunen Augen war überwältigend.

Lotte raste so schnell zum Haus, wie ihre Füße sie trugen. „Tante Lydia? Tante Lydia? Wo bist du?"

„In der Küche", rief ihre Tante zurück. „Was ist jetzt schon wieder los?"

Lotte stolperte hinein, atemlos vom schnellen Rennen. „Rachel und ihre Geschwister ... sie brauchen ein Dach über dem Kopf ... können sie hier wohnen, bitte?"

Lydias Lippen wurden mit jedem Wort, das Lotte sprach, schmäler, während sich ihre Augen angstvoll weiteten. „Nein. Was denkst du dir dabei?"

Es war nicht die Antwort, die Lotte erwartet hatte, und sie sah ihre Tante an, als wäre sie eine Fremde. „Aber ihre Eltern wurden verhaftet und dieser schreckliche Herr Keller hat ihren Hof übernommen. Er denkt, nur weil sie Juden sind, kann er ihr Zuhause stehlen!", sagte Lotte. Als sie schließlich die ganze

Geschichte erzählt hatte, schüttelte ihre Tante mit einem strengen Ausdruck den Kopf.

„Wir können sie nicht aufnehmen. Sie sind auf der Flucht vor dem Gesetz. Sie müssen sich stellen."

„Aber —"

Lydia hob warnend den Zeigefinger. „Kein Aber. Selbst wenn ich ihnen Obdach geben wollte, kann ich es nicht. Ich muss an meine eigenen Kinder denken und an dich. Was würde passieren, wenn jemand sie findet?" Sie sah Lotte herausfordernd an.

Lotte wurde es ganz mulmig zumute. „Ich weiß nicht …"

„Nun, dann lass es mich dir sagen. Ich würde wegen Behinderung der Justiz verhaftet werden. Irgendein Parteimitglied würde hierherkommen und meinen Hof übernehmen, während du, Helmut und Jörg den neuen Besitzern als Magd und Knechte dienen müsstet und die drei Kleinen in ein Waisenhaus geschickt werden. Es geht um mehr als nur um Rachel und ihre Geschwister. So sehr ich das auch bedaure, aber Blut ist dicker als Wasser, und ich muss das tun, was das Beste für meine Familie ist."

Lotte kehrte mit hängendem Kopf in die Scheune zurück, um Rachel die schlechte Nachricht zu überbringen. Aber als sie in vier Paar hoffnungsvolle Augen sah, brachte sie es nicht übers Herz.

„Ihr könnt in der Scheune bleiben. Aber niemand darf etwas wissen, nicht einmal meine Tante."

Rachels Gesicht war von Unsicherheit gezeichnet. „Aber Lotte —"

„Kein Aber. Ihr bleibt hier, bis ich einen anderen Ort für

Euch gefunden haben. Im Moment seid ihr hier sicher. Niemand außer mir kommt in die Scheune."

Rachels Finger zuckten und ihre Angst war deutlich spürbar. „Bist du sicher? Vielleicht sollten wir uns stellen? Es ist vielleicht nicht so schlimm, dort, wo sie uns hinbringen."

Gänsehaut erschien auf Lottes Armen, als sie sich an die Gerüchte erinnerte, die sie aufgeschnappt hatte. Sie sah das andere Mädchen sehr ernst an. „An deiner Stelle würde ich es nicht herausfinden wollen."

KAPITEL 3

Am nächsten Morgen stand Lotte vor allen anderen auf und schlich in die Speisekammer, wo sie ein paar Scheiben Brot, etwas Käse und ein Stück Wurst stibitzte. Sie versteckte alles in ihrer Schürze, ging in den Gemüsegarten, pflückte hier und da ein paar reife Dinge und legte sie zu den anderen Lebensmitteln in ihre Schürze. Dann schlüpfte sie in die Scheune.

Es war niemand zu sehen. *Sie schlafen wahrscheinlich noch, arme kleine Dinger*. So sehr sie auch warten und mit Rachel und den anderen drei Kindern reden wollte, sie musste ihren normalen Tagesablauf beibehalten. Jede Änderung würde Tante Lydia misstrauisch machen.

Sie holte ihren Melkschemel und stellte die Lebensmittel dorthin, wo sie sicher war, dass Rachel sie entdecken würde. Dann kritzelte sie noch schnell eine Nachricht, dass sie bei Einbruch der Dunkelheit wiederkommen würde. Sobald sie ihre morgendlichen Aufgaben erledigt hatte, zog Lotte ihr neues Kleid an und fragte ihre Tante, ob sie eine Freundin in Mindelheim besuchen könne. Da es ein Samstag war und die

Ernte von Mais und Grünfutter noch nicht begonnen hatte, stimmte ihre Tante zu, unter der Bedingung, dass Lotte rechtzeitig zum abendlichen Melken zurück sein würde.

Lotte sprang auf ihr Fahrrad und radelte in Windeseile die zehn Kilometer in die Stadt. Auf dem letzten Kilometer ging es steil den Berg hoch, und als sie den Mindelheimer Marktplatz erreichte, brannten ihre Wangen vor Hitze und ihr Kleid war durchgeschwitzt. Schwer atmend hielt sie vor Irmhilds Haus an.

Irmhild musste sie kommen gesehen haben, denn sie rannte aus der Haustür, noch bevor Lotte ihr Fahrrad abgestellt hatte. Sie trug ihr langes hellbraunes Haar zu zwei Zöpfen geflochten. „Lotte. Ich hatte gehofft, dass du vorbeikommen würdest. Alles Gute zum Geburtstag nachträglich." Irmhild umarmte ihre Freundin und zog dann eine Grimasse. „Igitt, du bist ja ganz verschwitzt. Ich verstehe nicht, warum du dein Fahrrad nicht den Hügel hinaufschieben kannst wie alle anderen."

„Weil es schneller und schöner ist, in die Pedale zu treten." Lotte wischte sich die Stirn mit dem Handrücken ab.

Der Blick auf Irmhilds Gesicht gab einen klaren Hinweis darauf, für wie schön sie es hielt, den Berg hinaufzustrampeln. „Apropos Spaß, willst du Eis essen und zum Fluss runtergehen? Ich lade dich ein, zum Geburtstag."

„Eiscreme?" Lotte leckte sich die Lippen und hakte sich bei ihrer Freundin unter. „Wer kann zu einem solchen Angebot Nein sagen? Ich bestimmt nicht."

Irmhild war in Lottes Klasse gewesen, bis sie Anfang des Jahres die Schule verlassen hatte, um im Rathaus zu arbeiten. Da Mindelheim eine Kreisstadt war, wurde von Geburtsurkunden und Ausweispapieren über Lebensmittelkarten bis hin zu Hochzeiten, Steuern und staatlichen Renten alles abgewickelt. Sogar Grundbucheinträge und Sterbeurkunden gingen über Irmhilds Schreibtisch.

Wenige Minuten später betraten die beiden den Marktplatz. Mindelheim war zwar eine Kreisstadt, aber trotzdem nur ein kleiner Ort mit fünftausend Einwohnern, wo jeder jeden kannte. Irmhild kaufte zweimal eine Kugel Eis, und sie schleckten vergnügt an der seltenen Leckerei, während sie den Kopfsteinpflasterplatz mit dem großen Brunnen in der Mitte überquerten. Vorbei am Rathaus, dem Lebensmittelladen, der Eisenwarenhandlung und der Kirche erreichten sie den Feldweg hinunter zum Fluss. Dort angekommen, zogen sie ihre Schuhe und Strümpfe aus, setzten sich ans Ufer und ließen die Füße im kühlen Wasser baumeln.

„Weißt du, wann diesen Herbst die Schule beginnt?", fragte Lotte.

„Nein." Irmhild schüttelte den Kopf und ihre Zöpfe schwangen wie Glockenstränge. „Herr Keller meinte, vielleicht nie. Die meisten der Buben wurden in den Sommerferien eingezogen und es besteht keine Notwendigkeit einer höheren Ausbildung für die Mädels."

Lotte seufzte. Das bedeutete noch mehr Langeweile. Aber die meisten ihrer Klassenkameraden hatten die Schule sowieso schon abgebrochen. Sie wurden zu Hause oder als Arbeiter auf den Höfen gebraucht.

„Also, was wirst du nach dem Sommer machen?", fragte Irmhild.

„Wenn es nach mir ginge, würde ich diese Einöde verlassen."

„Um was zu tun?" Irmhild lehnte sich auf ihre Ellbogen zurück und hob ihr Gesicht zur Sonne.

„Ist doch egal. Alles ist besser, als auf einem Bauernhof mitten im Nirgendwo festzusitzen." Lotte nahm einen Kieselstein und ließ ihn über das Wasser springen.

„So schlimm ist es nun auch nicht. Wenigstens haben wir genug zu essen und ein warmes Bett."

Lotte drehte sich um und sah in Irmhilds blaue Augen. Abgesehen von ihren Vettern war Irmhild ihre einzige Freundin in diesem Kaff. Die meisten Leute verstanden nicht, warum die beiden Freundinnen geworden waren. Nach außen waren sie wie Feuer und Wasser. Wo Lotte impulsiv, unverblümt und immer bereit für einen Kampf war, war Irmhild ruhig, nachdenklich und versuchte, allen entgegenzukommen. Aber trotz dieser Unterschiede teilten sie den Ehrgeiz, mehr als nur eine Ehefrau und Mutter zu werden.

Obwohl sie im Bund Deutscher Mädel war, stimmte Irmhild mit einem Großteil der nationalsozialistischen Ideologie nicht überein. Sie sprach ihre Bedenken einfach nie laut aus.

Lotte nahm einen weiteren Kieselstein und warf ihn ins Wasser. Nachdem sie den Wellen zugeschaut hatte, bis diese das Ufer erreichten, murmelte sie: „Erinnerst du dich an Rachel?"

„Ja, warum?" Irmhilds Stimme war gleichgültig, aber auch ohne sie anzusehen, spürte Lotte die aufkeimende Nervosität.

„Ihre Eltern wurden gestern verhaftet und in einem der Viehwaggons deportiert."

Ein hörbares Einatmen war die einzige Antwort von Irmhild.

Lotte starrte auf den träge dahinfließenden Fluss. „Gestern Abend, als ich die Kühe gemolken habe, habe ich sie gesehen. Sie war mit ihren Geschwistern im Wald, als es passierte. Sie können nicht zurück. Herr Keller hat ihren Hof übernommen."

„Er ist seit Jahren hinter diesem Stück Land her", sagte Irmhild. Die Spannung zwischen ihnen war erdrückend geworden und keine wagte es, der anderen in die Augen zu sehen.

„Es ist so ungerecht!" Lotte sprang auf und stampfte mit

dem Fuß. „Warum darf er das überhaupt tun? Die Höfe anderer Leute stehlen? Ich hasse …“

„Pst, Lotte.“ Irmhild packte ihre Hand. „Setz dich wieder hin oder du wirst Aufsehen erregen.“

Lotte schoss ihr einen trotzigen Blick zu, gehorchte aber. Nach einer langen Stille sagte Irmhild: „Wo sind sie jetzt?“

Lotte sah sich um, um sicherzustellen, dass keine unwillkommenen Augen und Ohren in der Nähe waren. „Kannst du ein Geheimnis für dich behalten?“ Als Irmhild nickte, flüsterte sie: „Sie verstecken sich in der Scheune.“

„Was? In der Scheune deiner Tante?“

Lotte nickte und kaute auf ihrer Unterlippe.

„Weiß deine Tante davon?“

„Nein. Tante Lydia meinte, wir können sie nicht aufnehmen. Es ist zu gefährlich.“

„Nun, ich fürchte deine Tante hat recht. Hast du eine Ahnung, was passiert, wenn jemand sie findet? Herr Keller würde sich mit Freuden auch den Hof deiner Tante aneignen.“

Lotte fuhr mit der Hand durch ihre wilden Locken. Irmhild rechnete immer mit dem Schlimmsten. Niemand würde die Kinder finden und nichts würde passieren.

„Sie müssen woandershin“, zischte Irmhild.

„Aber wohin?“ Lotte zitterte, als sie die Hilflosigkeit in ihrer eigenen Stimme hörte.

„Sie könnten zu Verwandten gehen.“

„Ich glaube nicht, dass sie noch welche haben“, schnaubte Lotte.

„Ein Waisenhaus vielleicht?“

„Welches Waisenhaus nimmt jüdische Kinder auf?“

„Oh … aber sie können auf keinen Fall in der Scheune deiner Tante bleiben. Was sollen sie essen? Ohne Lebensmittelkarten kriegen sie nichts.“

„Ich habe ihnen heute Morgen etwas Milch, Käse, Brot und ein wenig Wurst gebracht."

„Aha … und du denkst, das reicht für vier Kinder? Nein, sie können nicht in der Scheune bleiben." Es folgte eine lange Stille, bevor Irmhild wieder sprach. „Wir müssen einen sicheren Ort für sie finden."

„Aber wo?" Lotte vergrub das Gesicht in den Händen. Gestern hatte alles so einfach ausgesehen. Die Kinder versteckten sich in der Scheune, bis sie auf ihren Hof zurückkehren konnten. Aber nachdem sie Irmhilds Bedenken gehört hatte, wusste sie, dass das so gut wie unmöglich war. Entweder würden sie verhungern, Tante Lydia würde die fehlenden Vorräte bemerken und Fragen stellen oder …

Eisige Schauer liefen ihr über den Rücken, als sie sich daran erinnerte, dass die Ernte bald beginnen würde. Mit dutzenden von Menschen, die auf den Feldern arbeiteten und in der Scheune herumwuselten, war es nur eine Frage der Zeit, bis jemand das Versteck der Kinder fand.

Laute Stimmen von der anderen Seite des Flusses zogen Lottes Aufmerksamkeit auf sich und sie sah eine Gruppe von Grundschülern, die sich gegenseitig zum Wasser jagten.

„Wenn sie Arier wären, wären sie sicher", murmelte sie mehr zu sich selbst, aber Irmhilds Kopf flog herum und sie starrte Lotte mit weit aufgerissenen Augen an.

„Du meinst, ihnen falsche Papiere besorgen?", fragte Irmhild.

Lotte hatte diese Idee bisher nicht in Betracht gezogen. „Jetzt, wo du es erwähnst, denke ich, dass es eine großartige Idee ist. Aber wo sollen wir die herbekommen?"

„Natürlich auf dem Rathaus", platzte Irmhild heraus, bevor ein erschrockener Blick der anfänglichen Begeisterung folgte.

„Ja, das ist es … aber wer?" Lotte drehte den Kopf und sah die Aufregung ihrer Freundin. „Oh! Du! Natürlich kannst du das tun. Du arbeitest im Rathaus. Du machst so was jeden Tag. Ich meine, Papiere und Zertifikate ausstellen."

„Nicht wirklich. Ich bereite alles vor, aber Herr Keller muss die Papiere unterschreiben und mit dem Stadtsiegel stempeln." Irmhild rieb sich die Stirn. „Ich habe keinen Zugang zu dem speziellen Papier, das wir für Ausweise verwenden."

„Kannst du dich nicht einfach in sein Büro schleichen, vier Blätter von dem Papier nehmen, die Stempel draufmachen und seine Unterschrift fälschen? Das kann nicht so schwer sein, oder?" Lotte lehnte sich nach vorne, Aufregung pulsierte durch ihre Adern. Endlich würde in diesem verschlafenen Kaff mal was passieren. Ein echtes Abenteuer.

Irmhild zerstörte ihre Hoffnungen mit einem energischen Kopfschütteln. „Es ist zu gefährlich, wir sollten uns etwas anderes überlegen."

Aber nachdem sie noch eine ganze Weile Ideen hin- und hergeworfen hatten, sagte Lotte: „Es führt kein Weg daran vorbei. Du musst neue arische Papiere für sie machen. Es ist ihre einzige Chance."

„Aber wenn Herr Keller es merkt …" Irmhilds Arme zeigten eine Gänsehaut und sie beendete ihren Satz nicht.

„Wird er nicht. Nicht, wenn du vorsichtig bist. Und es ist für einen guten Zweck. Willst du nicht auch, dass Rachel und ihre Geschwister in Sicherheit sind?"

Endlose Minuten vergingen, während Irmhild über alles nachdachte. Gerade als Lotte befürchtete, dass sie vor Spannung platzen würde, seufzte ihre Freundin. „In Ordnung. Ich werde es tun, aber du darfst niemandem etwas sagen. Und du musst ihnen die Papiere geben. Ich darf nicht mal in der Nähe von Kleindorf gesehen werden."

„Jetzt sind wir echte Spione. Ist das nicht aufregend?", sagte Lotte, schwindlig vor Begeisterung.

„Was ist aufregend?", fragte eine tiefe Stimme.

KAPITEL 4

Der Atem blieb in Lottes Lungen stecken, während ihr Kopf herumflog, um in die Richtung zu schauen, aus der die Stimme gekommen war. Zwei große und kräftige Jungs in ihrem Alter standen ein paar Meter entfernt und musterten die Mädchen. Beide blond, trugen sie die Uniform der Hitlerjugend, eine khakifarbene Köperbluse mit Brusttaschen, schwarze kurze Hosen und ein schwarzes gerolltes Halstuch. Die offiziellen Insignien der Hitlerjugend – ein Hakenkreuzlogo auf einem roten Armband mit einem weißen Streifen in der Mitte – schmückten ihre rechten Oberarme.

„Geht dich nichts an", giftete Lotte den älteren Jungen an.

Aber Hans Keller, der älteste Sohn des Bürgermeisters, war nicht einer, der leicht aufgab. Er grinste sie überheblich an und sagte: „Komm schon, Schätzchen, wir sind jetzt Nachbarn. Sei nicht so garstig zu mir."

„Ich bin nicht dein Schätzchen!" Lotte drehte ihren Kopf weg. Hans hatte eine Art und Weise, bei der sich ihr die Haare sträubten. Er war so ein selbstgefälliger Trampel.

„Aber du könntest es sein, und es wäre nicht zu deinem

Nachteil." Er kam so nah, dass die Spitzen seiner Schuhe ihren Oberschenkel berührten. Bevor Lotte aufspringen und ihm die Meinung sagen konnte, legte Irmhild eine beruhigende Hand auf ihren Arm.

„Wir haben über Lottes neues Kleid gesprochen", sagte Irmhild.

„Du siehst heute sehr hübsch aus", machte der zweite Junge ihr ein Kompliment. Uwe war der Sohn des Försters und hatte Anfang des Jahres die Schule abbrechen müssen, um die Aufgaben seines Vaters zu übernehmen, der an der Front diente.

Lotte sah auf. „Danke, Uwe." In den sechs Monaten, seit sie ihn zum letzten Mal gesehen hatte, war Uwe von einem Jungen zu einem Mann herangewachsen. Obwohl er ein paar Zentimeter kleiner war als Hans, waren sein Rücken und seine Schultern breiter und die Uniform spannte über den Muskeln an seinen Oberarmen. Zweifellos kamen diese Muskeln von der harten Arbeit im Wald beim Holzfällen und Holzhacken.

Aus irgendeinem Grund fühlte sie sich bei Uwes Anblick wie benommen, und sie blickte schnell zur Seite, wo Hans stand und sie gierig anstarrte. Erst jetzt bemerkte sie die Anstecknadel an seiner Brusttasche.

Also ist er befördert worden. Ich wette, dass es geholfen hat, der Sohn des Polizeichefs und Bürgermeisters zu sein, um Führer der örtlichen Hitlerjugend zu werden.

„Wir sollten Lotte und ihrem neuen Kleid eine Gelegenheit geben, bewundert zu werden", sagte Hans großspurig. „Heute Abend ist eine Tanzveranstaltung in Kaufbeuren und wir könnten alle dort hingehen."

„Nein. Ich kann nicht." Lotte verknotete ihre Hand in ihrem Rock. So gerne sie an einer Tanzveranstaltung teilnehmen würde, die Idee, das mit Hans zu tun, ließ die Galle in ihrer Kehle hochsteigen.

Irmhild kam ihr zu Hilfe. „Es tut mir leid, aber meine Mutter würde das nie erlauben.“

Hans seufzte übertrieben und ließ sich neben Lotte auf den Boden plumpsen. „Also, wollen wir runter zum Weiher gehen und schwimmen?“

„Welchen Teil von *Nein* verstehst du nicht? Irmhild und ich wollen in Ruhe gelassen werden“, sagte Lotte und setzte sich so aufrecht wie möglich.

Uwe gluckste trocken und Hans‘ Grinsen verschwand. „Es gibt keinen Grund, garstig zu sein.“

„Ich wollte nicht unhöflich sein, aber wir waren mitten im Gespräch und du hast uns unterbrochen.“ Lotte schluckte. Im Inneren war sie nicht halb so selbstbewusst, wie ihre Worte es vorgaben.

„Es ist dein Verlust, Schätzchen. Eines Tages wirst du einsehen, dass du und ich füreinander bestimmt sind.“ Hans lächelte charmant und warf ihr eine Kusshand zu.

Lotte zog instinktiv die Schultern hoch. „Na, dann warte mal schön!“

Hans beobachtete sie einen Moment lang und stand dann wieder auf. “Wenn du darauf stehst, spiel ruhig schwer zu kriegen. Wir sehen uns. Komm, Uwe, wir gehen.“

„Bis bald mal wieder“, verabschiedete sich Uwe und die beiden schlenderten davon.

„Du solltest nicht so rüde zu Hans sein. Es ist nicht klug, ihn und seinen Vater als Feinde zu haben“, sagte Irmhild, sobald die Jungs außer Hörweite waren.

„Er macht mir Angst.“ Lotte warf ihre rote Mähne zurück.

„Ich möchte mal auf die Jungs wirken, wie du es tust“, sagte Irmhild und wickelte einen ihrer Zöpfe um den Finger.

„Ich? Außer Hans hat noch nie ein Junge was von mir gewollt. Und ohne den kann ich sehr gut auskommen.“

„Komm schon.“ Irmhild rollte mit den Augen. „Sag jetzt nicht, dass du nicht gemerkt hast, dass Uwe auf dich steht.“

„Habe ich nicht.“ Die Hitze, die in ihre Wangen stieg, und das seltsame Flattern in ihrem Bauch erzählten jedoch eine andere Geschichte. Sie und Uwe waren Klassenkameraden gewesen, bevor er die Schule abgebrochen hatte, aber heute hatte er wie ein erwachsener Mann ausgesehen, nicht wie der Bub, den sie kannte.

„Ich sage dir, es ist wahr. Und wenn man bedenkt, wie doll du errötet bist, magst du ihn auch.“ Irmhild brach in Kichern aus.

„In Ordnung. Uwe ist süß, aber er ist mit Hans befreundet und er ist ein Mitglied der Hitlerjugend.“

„Er hat nicht wirklich eine Wahl. Jeder Bub muss mitmachen. Sieh mich an, ich bin beim Bund Deutscher Mädel und trotzdem machen wir beide …“, Irmhild senkte ihre Stimme zu einem konspirativen Flüstern, *„diese* Dinge“.

Lotte nickte und blickte dann in den Himmel, wo die Sonne auf den Horizont zusteuerte. „Ich muss wieder nach Hause.“

Gemeinsam gingen sie zu Irmhilds Haus, wo Lotte ihr Fahrrad abgestellt hatte. Sie umarmte ihre Freundin fest. „Versprich, vorsichtig zu sein, und ruf mich an, wenn die Ausweise fertig sind.“

Irmhilds Finger verkrampften sich. „Vielleicht ist das doch keine so gute Idee“, antwortete sie mit nervöser Stimme.

„Du kannst jetzt nicht kneifen, du bist Rachels einzige Hoffnung. Nichts wird passieren“, sagte Lotte mit gerunzelter Stirn.

„Hoffen wir es“, Irmhild öffnete die Tür und verschwand nach drinnen. Lotte starrte ihr mit einem unguten Gefühl nach. Sie schob das Gefühl beiseite, schnappte ihr Fahrrad und schwang sich drauf.

Auf dem Heimweg ging es großteils bergab und Lotte duckte sich tief über den Lenker, um an Geschwindigkeit zu gewinnen, bis der Wind ihre Mähne zerzauste. Obwohl sie sich ständig darüber beschwerte, in Kleindorf festzusitzen, liebte sie die Freiheit, mit der sie durch die Landschaft streifen konnte, was in Berlin nicht möglich war.

Zwanzig Minuten später kam sie auf dem Bauernhof ihrer Tante an und rannte los, um ihre Arbeit zu erledigen. Die Kühe warteten bereits geduldig auf dem Platz vor der Scheune, um gemolken zu werden. Lotte legte etwas von der Milch, mehrere Eier und etwas Gemüse beiseite, bevor sie in die Scheune schlüpfte, um nach den vier Kindern zu suchen.

Sie fand sie auf dem Dachboden der Scheune. Rachel hatte immer noch verschwollene Augen und die Gesichter der anderen Kinder zeigten verschmierte Tränenspuren.

„Ich habe euch was zu essen mitgebracht." Lotte starrte auf die kargen Vorräte in ihren Händen. Es war kaum genug für eine Person, geschweige denn für vier. Irmhild hatte recht; sie konnten nicht lange hierbleiben. „Ich fürchte, ihr müsst die Eier roh essen."

„Danke. Wir werden nicht lange bleiben. Ich muss nur einen Ort finden, wohin wir gehen können." Rachel nahm die Lebensmittel und stellte sie vorsichtig auf einem Strohballen ab.

Lotte ergriff Rachels Arm und zog sie außer Hörweite der jüngeren Kinder. „Erinnerst du dich an Irmhild? Sie arbeitet im Rathaus und macht neue Papiere für euch alle."

Rachels Augen sprangen ihr fast aus dem Gesicht. „Meine Güte. Nein. Das kann sie nicht tun! Es ist verboten, und wenn jemand es herausfindet …"

„Wir haben uns lange darüber den Kopf zerbrochen, aber es ist der einzige Weg, um euch in Sicherheit zu bringen", sagte Lotte.

„Lotte! Nein. Du musst sie davon abhalten. Was sie plant, ist viel zu gefährlich“, flüsterte Rachel mit Entsetzen in ihrer Stimme.

„Keine Sorge, Irmhild wird sehr vorsichtig sein. Wir werden nicht erwischt.“ Lotte grinste. Es fühlte sich gut an, eine Heldin zu sein.

Rachel schüttelte den Kopf. „Ich kann nicht zulassen, dass ihr beide euer Leben für uns riskiert. Nein, bitte ruf sie heute Abend an und sag ihr, sie soll es nicht tun. Das Risiko ist zu groß.“

„Pah, was kann uns schon passieren? Es wird alles glattgehen, du wirst schon sehen.“

Aber als Lotte zum Haus ging, legte sich eine unheilvolle Vorahnung über sie. Ihre Mutter und ihre Schwestern hatten sie wieder und wieder davor gewarnt, dass sie für jeden noch so kleinen Akt des Widerstandes gegen die Nazis verhaftet werden könnte – oder schlimmer.

Sie zuckte mit den Achseln und hüpfte die Treppe hoch auf ihr Zimmer.

Erwachsene haben immer vor irgendetwas Angst.

KAPITEL 5

Zwei Tage waren vergangen und Irmhild hatte immer noch nicht angerufen. Lotte fragte sich, ob ihre Freundin ihren Plan vergessen hatte – denn es konnte doch nicht so lange dauern, ein paar Ausweise zu fälschen, oder?

Gleichzeitig machte sie sich Sorgen um Rachel und ihre Geschwister. Nachts versteckten sie sich in der Scheune, gingen aber vor Tagesanbruch in den Wald auf der Suche nach etwas Essbarem. Pilze, Brombeeren, Bärlauch, Haselnüsse, was auch immer sie finden konnten, um die wenigen Lebensmittel zu ergänzen, die Lotte ihnen zustecken konnte.

Gegen Nachmittag konnte Lotte die zermürbende Unsicherheit nicht mehr ertragen. Sie ging zum Telefon im Wohnzimmer und rief Irmhild an.

„Rathaus Mindelheim", sagte die Stimme ihrer Freundin.

„Irmhild, ich bin's."

„Lotte, du solltest mich doch nicht auf der Arbeit anrufen." Irmhilds Stimme verwandelte sich in ein leises Zischen.

Ertappt zappelte Lotte mit den Füßen. „Ich weiß und es tut mir leid, aber ich habe mir Sorgen gemacht."

„Warte kurz“, sagte Irmhild und ihre gedämpfte Stimme ließ darauf schließen, dass sie die Hand über die Muschel hielt, während sie mit einer anderen Person sprach. Nach einigen Minuten hörte Lotte das Geräusch einer sich schließenden Tür und Irmhilds Stimme kam wieder durch die Leitung. „Die Sache ist komplizierter, als wir dachten. Was wir brauchen, ist unter Verschluss, und ich muss warten, bis jemand kommt, der die gleichen Papiere und das Siegel braucht.“

„Ich nehme mal an, das ist noch nicht passiert?“, fragte Lotte.

„Nein. Ich wünschte, ich könnte dir etwas anderes sagen. Ich rufe an, sobald ich mehr weiß. Jetzt muss ich Schluss machen.“ Irmhild legte den Hörer auf und Lotte tat dasselbe.

Nachdenklich kniff sie die Augen zusammen. Dieses Unterfangen hatte sich als viel komplizierter erwiesen, als sie sich das vorgestellt hatte. Sie ging in die Küche und goss sich Wasser aus dem Hahn in ein Glas, gerade als Tante Lydia schwer atmend durch die Küchentür hereinwatschelte. „Ich wünschte, dieses Kind würde endlich kommen, ich fühle mich wie ein gestrandeter Wal.“

Lotte biss sich auf die Lippe, um ein Kichern zu unterdrücken, und starrte dann misstrauisch auf den Bauch ihrer Tante. Er war in den letzten Wochen so stark gewachsen, dass sie befürchtete, er könne jeden Moment explodieren.

„Willst du etwas Wasser, Tante Lydia?“

„Ja, bitte.“ Lydia sank auf einen Stuhl und nahm das Glas Wasser, das Lotte ihr reichte.

„Gut, dass ich dich treffe. Du musst die Scheune in den nächsten Tagen aufräumen. Heute morgen war ich in der Stadt und habe Erntehelfer für nächste Woche angeheuert.“

„Nächste Woche schon?“ Lotte hätte beinahe das Glas fallen lassen. „Ist das nicht ein bisschen früh?“

„Nein. Das Wetter war außergewöhnlich heiß und

außerdem will ich die Ernte eingebracht haben, bevor dieses Kind kommt.“ Lydia lehnte sich zurück und tätschelte ihren Bauch.

„Oh“, war alles, was Lotte sagen konnte.

„Du musst den Boden auskehren, die Spinnweben wegmachen und alles für die Einfuhr der Ernte vorbereiten.“

„Ich kümmere mich sofort darum.“ Lotte stürzte davon, um eine Bestandsaufnahme der Situation in der Scheune zu machen. Die Flüchtlinge konnten dort nicht bleiben, nicht wenn die Ernte begann. Die Arbeit dauerte oft bis spät in die Nacht hinein und die Erntehelfer würden es sicher bemerken, wenn jemand im frischen Heu geschlafen hatte.

Nach dem Abendessen ging sie noch mal in die Scheune, um Rachel die schlechte Nachricht zu überbringen. Sie fand die Geschwister auf dem Dachboden, wo Rachel ihre kleine Schwester Mindel auf dem Schoß hielt und leise ein Schlaflied summte, um die Vierjährige zu trösten. Lottes Herz wurde bei diesem Anblick ganz schwer. Das arme Kind. Sie hatte keine Ahnung, was in der Welt vor sich ging, und weinte nach ihrer verschwundenen Mama.

Rachel blickte auf, als sie das Schlurfen von Lottes Füßen hörte, und winkte sie herbei. „Komm und setz dich zu mir.“

Sie sah so zerbrechlich aus und doch so gefasst. Lotte fragte sich, wie sie schaffte, sich den ganzen Tag über um ihre kleine Schwester und ihre beiden lausbubenhaften Brüder Aron und Israel zu kümmern und sie außer Sichtweite anderer Leute zu halten. Lotte setzte sich neben sie und erzählte dann leise von den Gesprächen mit Irmhild und Lydia.

„Wenn Irmhild die Papiere nicht vor nächster Woche hinbekommt, weiß ich nicht, wo ich euch verstecken soll.“

Rachel schenkte ihr ein trauriges Lächeln und schüttelte den Kopf. „Mach dir keine Sorgen. Wir werden verschwinden und etwas anderes finden.“

„Nein!“ Lotte schüttelte den Kopf und sagte: „Ihr dürft erst gehen, wenn es sicher ist. Ihr braucht arische Papiere, nur dann könnt ihr ungestört reisen.“

„Du warst so großzügig …“ Rachels Augen füllten sich mit Tränen.

„Weine nicht, bitte“, flehte Lotte sie an. „Ich weiß, dass Irmhild es schaffen wird. Alles wird gut.“

„Vielleicht“, murmelte Rachel.

Lotte drückte ihre Hand und kletterte dann wieder die Leiter hinunter in die Scheune. Nachdem sie alle Melksachen gewaschen und aufgeräumt hatte, ging sie hinaus und schloss die Schiebetüren der Scheune hinter sich, während ihre Gedanken um Rachel kreisten.

„Ahhhh“, kreischte sie, als ein junger Mann aus dem Schatten heraustrat und den Weg zum Haupthaus blockierte. Als sie erkannte, wer es war, drückte sie ihre Hand auf ihr Herz. „Was machst du hier, Hans?“

„Nach dir schauen.“ Er grinste.

„Du spionierst mir nach!“ Lotte zermarterte sich das Gehirn, ob er vielleicht ihr Gespräch mit Rachel hatte belauschen können.

„Tust du Dinge, die ich ausspionieren sollte?“, fragte er mit einem anzüglichen Blick.

„Nein. Ich habe die Kühe gemolken. Was machst du auf dem Hof meiner Tante?“

„Ich war in der Gegend und wollte dich sehen. Beim letzten Mal warst du nicht besonders nett zu mir. Also dachte ich, ohne Uwe und Irmhild in der Nähe bist du vielleicht entgegenkommender.“

Lotte schüttelte den Kopf und wollte an ihm vorbeigehen, aber Hans streckte einen Arm aus, um ihr den Weg zu versperren, und drückte sie dann mit seinem Körper gegen die Wand. Sie erstarrte, nicht sicher, ob dies einer seiner dummen

Streiche war, aber dann hob er eine Hand zu ihrem Kopf und wickelte eine ihrer roten Locken um seinen Finger.

Sie schaute ihm direkt ins Gesicht und blitzte ihn wütend an. „Nimm deine Pfoten weg!"

„Du bist total heiß, wenn du so verärgert bist. Komm, geh mit mir spazieren", sagte Hans.

„Nein."

„Komm schon, Lotte. Sei nett zu mir und ich bin auch nett zu dir." Sein Atem streifte über die nackte Haut an ihrem Hals und trotz des lauen Abends schauderte sie.

„Ich muss gehen", sagte sie und versuchte, sich aus seiner Umarmung zu winden.

„Deine Tante wird nichts dagegen haben, wenn sie weiß, dass du bei mir bist. Was hast du sonst noch zu tun? Ich könnte dir helfen."

"Ich bin fertig mit meiner Arbeit. Und nun lass mich gehen!" Lotte zwang sich dazu, nicht in Panik zu geraten. Egal wie laut sie schrie, außer Rachel würde sie niemand hören.

„Und wenn ich nicht will?" Hans drängte sich dichter heran und seine Körperwärme und sein männlicher Geruch schickten Wogen der Panik durch ihren Körper. Im nächsten Moment senkte er seinen Kopf und versuchte, sie zu küssen, aber sie drehte gerade noch rechtzeitig ihr Gesicht zur Seite und seine Lippen landeten auf ihrer Wange.

Das reicht!

„Lass mich in Ruhe." Zitternd vor Angst und Wut, schaffte sie es irgendwie, beide Hände zu heben und fest gegen seine Brust zu pressen.

Er gluckste, ging aber einen Schritt zurück. „Komm schon, Lotte. Ich weiß, dass du mich magst."

„Dich mögen? Ich verabscheue dich. Du bist nichts weiter als ein erbärmlicher Feigling, der seine dumme Nazi-Uniform zur Schau stellt und sich hinter den Rockschößen seines Vaters versteckt.“

„Das meinst du nicht ernst!“ Hans' Stimme war im Handumdrehen drohend geworden.

Lotte antwortete nicht, sondern nutzte seine Schrecksekunde, um sich unter seinen Arm zu ducken und in die Sicherheit des Hauses zu stürmen, als ob der Teufel persönlich hinter ihr her wäre.

KAPITEL 6

Drei Tage später parkte Lotte ihr Fahrrad an der Rückseite des bereits für die Öffentlichkeit geschlossenen Rathauses und klopfte dreimal an die Tür. Irmhild hatte am Morgen angerufen, um ihr zu berichten, dass sie endlich die richtigen Formulare hatte stehlen können und sie bereits gestempelt hatte.

Die Tür öffnete sich einen Spalt und Lotte schlüpfte mit vor Aufregung hämmerndem Herzen hinein. Sie hatte diesen Moment so sehr herbeigesehnt. Drinnen war es unheimlich still, da die wenigen Mitarbeiter bereits gegangen waren. Irmhild bedeutete ihr, ihr in den Keller zu folgen.

„Warum gehen wir nach unten?“, fragte Lotte. Jeder ihrer Schritte klickte auf dem Steinboden.

„Weil ich nicht will, dass uns jemand durch die Fenster sieht“, antwortete Irmhild und führte sie in einen großen Raum mit Deckenbeleuchtung.

„Oh! Guter Plan. Also konntest du die Ausweise abstempeln?“

„Ja. Ich hab Kinderbilder von meinen Brüdern und mir

genommen, aber jetzt weiß ich nicht, welche Namen ich auf die Ausweise schreiben soll. Wir können ihre richtigen Namen nicht benutzen, oder?“ Irmhild kicherte nervös.

Darüber hatte Lotte nicht nachgedacht. Aber eigentlich war es offensichtlich. Rachel Epstein passte nicht zu einem arischen Mädchen, ebenso wenig wie die Vornamen Israel, Aron und Mindel. So langsam dämmerte ihr, dass es viele Details gab, die sie nicht bedacht hatten, bevor sie sich auf diesen vorschnell gefassten Plan eingelassen hatten.

Unten im Keller zeigte Irmhild ihr stolz die Ausweise, die sie vorbereitet hatte. Kichernd warfen sie sich ein paar Namen zu, bis sie sich für die Vornamen ehemaliger Klassenkameraden entschieden: Karin, Ingrid, Peter und Klaus.

„Jetzt müssen wir nur noch einen passenden Nachnamen finden“, seufzte Lotte und stopfte eine störende Locke hinter ihr Ohr.

„Das ist einfach. Wir nehmen Müller. Die halbe Welt heißt Müller, also wird niemand Verdacht schöpfen.“ Irmhild füllte die Formulare sorgfältig mit den Namen, Geburtsdaten und Geburtsorten aus. Dann blies sie auf die Tinte und wedelte mit dem Papier in der Luft.

„Geschafft. Gib sie her, ich bringe sie zu Rachel“, bot Lotte an.

„Noch nicht.“ Irmhild hielt die Papiere außerhalb Lottes Reichweite. „Das Wichtigste fehlt noch.“

„Was?“ Die neuen Ausweise sahen überraschenderweise genauso aus wie der, den Lotte in ihrer Tasche trug.

„Die Unterschrift des Bürgermeisters. Wir müssen sie fälschen.“

Lottes Kinnlade fiel herunter. „Du kannst das, oder?“

„Nein, aber wenn wir etwas üben, schaffen wir es bestimmt.“ Irmhild produzierte ein Papier mit der Unterschrift von Herrn Keller.

Lotte nahm einen Stift und ein leeres Blatt und sah sich die Unterschrift des Bürgermeisters genau an. Herr Keller war nicht nur Bürgermeister, Polizeichef und Parteichef, sondern auch Hans' Vater. *Ugghhh.* Ein mulmiges Gefühl bemächtigte sich ihrer, als sie an ihre Begegnung mit Hans letzte Nacht dachte.

Ihr erster Versuch, die Signatur zu fälschen, war ein trauriger Misserfolg, ebenso wie der von Irmhild.

„Das sieht schrecklich aus." Lotte betrachtete die Unterschrift noch einmal und versuchte, stärker aufzudrücken. Nach einem Dutzend oder mehr Versuchen hatte sie endlich den Dreh raus und sie hielt die echte Unterschrift und ihre gefälschte für Irmhilds Inspektion hoch: „Was meinst du?"

„Das ist es! Du hast es geschafft!" Irmhild klatschte vor Aufregung in die Hände.

„Gut. Dann lass mich diese Ausweise unterschreiben. Ich muss zurück sein, bevor meine Tante anfängt, nach mir zu suchen." Als sie fertig war, bewunderte sie ihre Fälscherarbeit und lachte. „Wir sind ziemlich gut in diesen subversiven Dingen."

Selbst Irmhild schien sich für einen Moment keine Sorgen mehr zu machen. Sie lachte befreit. „Du hast recht. Das ist gute Arbeit, die wir hier geleistet haben. Und für einen guten Zweck."

„Wenn meine Schwestern das sehen könnten, wette ich, sie würden mich endlich mal ernst nehmen." Lotte träumte bereits von Ruhm und Reichtum, aber Irmhild packte ihre Schulter.

„Lotte, du darfst keiner Menschenseele davon erzählen. Niemandem. Niemals!"

Lotte winkte ab. „Weiß ich doch … aber stell dir vor, wenn der Krieg vorbei ist. Wir werden als Heldinnen gefeiert, jeder wird uns bewundern. Wir werden zu den besten Feiern eingeladen." Ihre Fantasie machte Überstunden und sie stand auf, warf ihre wilden Locken über die Schulter und nahm die Pose eines Poster-Mädchens ein. „Ich kann schon die Plakate sehen. Lotte Klausen und Irmhild Steinmetz. Kriegsheldinnen."

Irmhild kicherte über ihre Albernheit, aber machte mit, indem sie eine ähnliche Pose einnahm und Kusshände an ihre Bewunderer verteilte. „Ich wette, alle Jungs, die aus dem Krieg zurückgekehrt sind, werden mit uns ausgehen wollen."

„Wir werden aufregende, ja mondäne Orte bereisen und alle werden ein Autogramm von uns haben wollen. Genau wie bei Filmstars." Lotte drehte sich im Kreis und kicherte vor Freude. Dann packte sie Irmhilds Hände und die beiden tanzten durch den Raum. „Das war eine Wucht."

Irmhild nickte und nach einigen Minuten ausgelassener Albernheit räumten die beiden das Chaos auf und gingen die Treppe hoch, um das Gebäude zu verlassen. Als sie durch die Hintertür des Rathauses hinausschlüpften, umarmte Irmhild sie. „Fahr vorsichtig."

„Das werde ich. Bis bald." Lotte stieg auf ihr Rad und fuhr in Windeseile zurück zum Hof ihrer Tante. Sie schaffte es, ihr Fahrrad im Schuppen zu verstauen und sich dann vor der Scheune hinzuhocken und die Kühe zu melken, als sei sie nie weggewesen.

Sie konnte es kaum erwarten Rachel die guten Nachrichten zu erzählen, aber niemand antwortete auf ihr leises Rufen. Die gefälschten Papiere versteckte sie hinter einem Strohballen und schlenderte dann von Ohr zu Ohr grinsend zum Haus mit der aufregenden Vorstellung, wie sie und Irmhild als Kriegsheldinnen gefeiert wurden.

KAPITEL 7

„Tante Lydia, ich werde eine Weile in der Scheune arbeiten“, rief Lotte gleich nach dem Frühstück ihrer Tante zu. Es war nicht normal für sie, so viel Zeit in der Scheune zu verbringen, aber da die Ernte nur wenige Tage entfernt war, wusste sie, dass niemand Fragen stellen würde.

„Gut. Ich gehe in die Stadt und nehme die Kinder mit. Wir sind heute Nachmittag wieder zurück.“

„Bis später.“ Lotte machte sich auf den Weg in die Scheune und hoffte, dass die Epstein-Kinder noch nicht weg waren. Sie öffnete die Tür, zog sie hinter sich wieder zu und lächelte dann, als sie Rachels leise Stimme vom Dachboden hörte.

Lotte holte die Ausweise aus ihrem Versteck und kletterte die Leiter hinauf. „Rate mal, was ich hier habe?“ Sie wedelte mit den Papieren.

Rachel fragte: „Ausweise?“

„Ja. Vier brandneue Ausweispapiere für die Müller-Kinder.“ Lotte übergab die wertvollen Papiere und strahlte vor Stolz.

„Ich danke dir vielmals. Lotte, du weißt nicht, wie viel uns das bedeutet.“ Rachels Augen waren voller Tränen, aber sie wischte sie weg und umarmte dann Lotte. Einer nach dem anderen traten Israel, Aron und Mindel vor und taten dasselbe. Mindel verstand noch nicht, was diese Ausweise bedeuteten, aber die Gesichter der sieben- und zehnjährigen Knaben zeigten, dass sie bereits zu viel über die Grausamkeiten wussten, die in dieser Welt geschahen.

„Ihr seid jetzt in Sicherheit." Lotte strahlte sie an und wollte gerade gehen, aber der ängstliche Blick in Rachels Augen hielt sie zurück. „Was ist los?"

„Nichts. Es ist nur … wo sollen wir jetzt hingehen? Wir können nicht auf den Hof meiner Eltern zurückkehren, weil da Familie Keller lebt. Und … hier kennt uns jeder. Selbst mit diesen gefälschten Papieren sind wir nicht sicher."

„Daran habe ich gar nicht gedacht." Lotte fuhr mit einer Hand durch ihr langes Haar. *Schon wieder.* Ihre Enttäuschung über sich selbst wuchs. Vielleicht hatten Mutter und Tante Lydia recht und sie sollte erst nachdenken, anstatt voreilig zu handeln. „Ich frage Irmhild. Wir werden uns etwas ausdenken. Keine Sorge, alles wird gutgehen."

Aber Lotte war viel weniger zuversichtlich, als sie vorgab. Was, wenn es nicht klappte? Würde der Besitz von gefälschten Papieren für die Epstein-Kinder alles noch schlimmer machen? Hatte sie ihnen einen Bärendienst erwiesen?

So sehr sie auch nach Mindelheim radeln wollte, um mit Irmhild zu reden, sie konnte den Hof nicht allein lassen, während Tante Lydia weg war. Und sie konnte Irmhild auch nicht auf der Arbeit anrufen. Nein, das musste warten.

Als Tante Lydia mit den Kindern endlich aus der Stadt nach Hause kam, war es schon Zeit fürs Abendessen. So spät im Sommer ging die Sonne zu früh unter, um noch bei Tageslicht in die Stadt und zurück zu radeln. Da Lotte wusste, dass ihre Tante es nie erlauben würde, dass Lotte nach Einbruch der Dunkelheit Fahrrad fuhr, entschied sie sich, besser nicht zu fragen und Irmhild sofort am nächsten Morgen zu besuchen.

Alle saßen um den Küchentisch herum und aßen Pellkartoffeln mit Butter und reichlich selbstgebackenem Brot. Tante Lydia goss für jeden von ihnen ein Glas Milch ein, bevor sie sich mit einer steilen Falte auf der Stirn hinsetzte.

„Die Kühe haben in letzter Zeit weniger Milch gegeben. Hast du etwas Außergewöhnliches bemerkt, Lotte?"

Lotte ließ beinahe die Kartoffel fallen, die sie gerade mit ihrer Gabel aufgespießt hatte. „Wie bitte?"

Lydias Stirnrunzeln wurden noch stärker. „Als ich heute Morgen in der Stadt war, unterstellte mir der Leiter der Kreisbauernschaft, dass ich Produkte auf dem Schwarzmarkt verkaufe, weil ich letzte Woche deutlich weniger Milch und Eier abgeliefert habe als sonst."

Lotte schluckte hart. Alle Bauern waren Pflichtmitglieder des Reichsnährstandes und in kleinen Städten wie Mindelheim war der Leiter der Kreisbauernschaft, der Regionalverband des Reichsnährstands, fast so mächtig wie der Parteichef. „Jetzt, wo du es sagst, es ist so heiß und das Gras auf den Wiesen wird braun und spärlich. Ich bin sicher, sobald sich die Temperatur abgekühlt hat, werden sie wieder die gewohnte Menge Milch geben."

„Ein weiterer Grund, mit der Grünfutterernte zu beginnen. Es war dieses Jahr wirklich ungewöhnlich warm." Tante Lydia wischte Marias Mund ab und konzentrierte sich dann auf ihr eigenes Abendessen.

Um keine unwillkommene Aufmerksamkeit auf sich selbst oder das Thema Kühe und Hühner zu lenken, senkte Lotte ihren Blick. Erleichtert vernahm sie, wie Jörg sich darüber beschwerte, dass er nicht mehr genug Treibstoff für den Traktor hatte.

Bald war das Abendessen vorbei und Lotte seufzte erleichtert, als ihre Tante den Befehl gab, den Tisch abzuräumen. Bis auf die zweijährige Maria hatten alle Kinder eine Aufgabe und innerhalb weniger Minuten war der Tisch abgedeckt und die Küche in Ordnung gebracht.

Tante Lydia hatte sich gerade in den Sessel gesetzt, ihre geschwollenen Füße auf einen Hocker gelegt und massierte sich den Bauch, als es an die Tür klopfte.

„Wer könnte das sein?", fragte Lydia und wollte sich aus dem Sessel quälen.

„Ich gehe schon. Du bleibst sitzen und ruhst dich aus", rief Lotte und eilte zur Tür, die sie kurz darauf den unwillkommenen Besuchern am liebsten vor der Nase zugeschlagen hätte.

„Guten Abend. Du musst Lotte sein, nicht wahr?", fragte Herr Keller, der von seiner Frau und Hans flankiert wurde.

„Ja." Lotte lief es heiß und kalt den Rücken hinunter.

„Wer ist es?", rief Lydia aus dem Wohnzimmer.

„Der Bürgermeister und seine Familie", rief Lotte zurück.

„Können wir kurz hereinkommen?", fragte Herr Keller.

Inzwischen hatte sich Lotte von dem Schock erholt und sie konnte wieder klar denken. „Natürlich, Herr Bürgermeister, meine Tante ruht sich nur etwas aus."

Sie führte die Besucher ins Wohnzimmer, wo ihre Tante mühevoll aus dem Sessel aufstand, um die Besucher zu begrüßen.

„Guten Abend, Herr und Frau Keller, was führt Sie um diese späte Stunde hierher?" Lydia lächelte die Besucher freundlich an und Lotte konnte nicht erkennen, ob der Ausdruck echt oder gefälscht war.

„Ein Freundschaftsbesuch, Frau Schubert. Wir sind Ihre neuen Nachbarn und dachten, wir kommen vorbei, um Guten Tag zu sagen." Herr Keller nahm seinen Hut ab und sah sich im Raum um.

„Bitte entschuldigen Sie, dass ich nicht schon früher bei Ihnen vorbeigeschaut habe, aber zwischen den Vorbereitungen für die Ernte nächste Woche und diesem Kind hier, das in weniger als einem Monat fällig ist …", Lydia zeigte auf ihren Bauch, „war ich schlichtweg zu beschäftigt."

„Kein Grund zur Sorge", sagte Herr Keller und machte lange, entschlossene Schritte von einem Ende des Wohnzimmers zum anderen.

Als ob er die Länge ausmisst, dachte Lotte.

„Wir verstehen die wichtige Rolle, die unsere Bauern für die Ernährung der Bevölkerung spielen. Menschen wie Sie sind die Stützen des Dritten Reiches. In der Tat hat meine Familie großartige Pläne für den Hof, den wir jetzt besitzen. Dieses dreckige Judenpack hat das Land ausgeplündert und verwahrlosen lassen. Es ist eine Freude, dass sie sich endlich dazu entschlossen haben wegzugehen."

Entschlossen wegzugehen? Lotte wollte sich auf die blank polierten Schuhe des Bürgermeisters übergeben.

Tante Lydia musste Lottes Unbehagen gespürt haben, denn sie schickte ihr einen warnenden Blick und sagte: „Lotte, Liebes, kannst du unseren Besuchern bitte eine Erfrischung bringen?"

„Natürlich, Tante Lydia." Lotte biss sich auf die Lippen und schluckte all die anderen Dinge hinunter, die sie sagen wollte. Mit ihrer Tante war nicht gut Kirschen essen.

Herr Keller setzte sich mit weit gespreizten Beinen auf das Sofa, als ob er hier zu Hause wäre, während seine Frau sich neben ihn quetschte. Lotte belauschte, wie er und Lydia Höflichkeiten austauschten und Frau Keller, wie jede gute Nazifrau, still daneben saß und nur sprach, wenn sie etwas gefragt wurde.

Als Lotte das Wohnzimmer mit einem Tablett mit drei Gläsern kaltem Zitronenmelissentee in der Hand wieder betrat, hatte Herr Keller das Thema auf Hitlers jüngste Erfolge und das bevorstehende siegreiche Kriegsende verlegt.

„Die Kapitulation Italiens war ein Schock, aber wenn man bedenkt, wie unzuverlässig diese sogenannten Verbündeten schon immer waren, ist es eigentlich ein Glück im Unglück. Unsere glorreiche Wehrmacht wird zügig vorstoßen, bis das Reich unseres gesegneten Führers größer ist als das von Alexander dem Großen."

Tante Lydia lächelte und nickte, fügte dem aber nichts hinzu.

Herr Keller fuhr unbeirrt fort: „Von der Nordsee bis zum Mittelmeer, vom Atlantik bis zum Pazifik wird es ein einziges Großdeutsches Reich geben. Heil Hitler!" Herr Keller sprang auf und seine rechte Hand schoss zum Hitlergruß nach vorne.

Alle anderen im Raum folgten seinem Beispiel, außer Lotte, die mit beiden Händen das volle Tablett balancierte. Das Bild war lächerlich. Herr Keller, seine Frau und sein Sohn standen Lotte in makelloser Haltung gegenüber. Im Vergleich dazu sahen ihre Tante und deren Kinder aus wie Bauern, die man auf einem Schachbrett verstreut hatte, mit ihren halbherzig erhobenen rechten Armen.

Lotte konzentrierte sich darauf, die Erfrischungen zu verteilen, sonst hätte sie laut losgelacht. Sie konnte keine Sekunde länger hierbleiben und sich das Geschwafel anhören. „Tante Lydia, kannst du mich bitte entschuldigen? Ich habe vergessen, dass ich noch den Garten gießen muss."

„Natürlich, Lotte." Lydia wandte sich wieder an den Bürgermeister und seine Frau. „Es ist ein Segen, meine Nichte bei mir zu haben. Sie ist mir bei den anfallenden Arbeiten und mit den Kindern eine große Hilfe."

Ich müsste nicht mithelfen, wenn Leute wie du nicht alle erwachsenen Männer in den Krieg geschickt hätten. Ich müsste nicht einmal hier sein. Ich könnte bei meiner Familie zu Hause in Berlin sein.

Lotte streckte ihre Zunge raus, während sie aus der Tür schlüpfte und sich auf den Weg zum Brunnen im Gemüsegarten machte. Beim Geräusch der sich öffnenden und wieder schließenden Tür drehte sie sich um, und ihr Herz sank.

„Geh wieder rein, Hans", sagte sie unwirsch und eilte zu dem kleinen Schuppen, wo sie die Gießkanne holte. Aber als sie sich wieder umdrehte, fand sie die Türöffnung durch seinen großen Körper blockiert. Sie seufzte. „Ich muss den Garten gießen und du stehst mir im Weg."

Hans feixte: „Gib mir einen Kuss und ich lasse dich vorbei."

Lotte versteckte ihre Abscheu ob dieses Vorschlags und nahm eine Schaufel in die Hand. „Lass mich vorbei, oder ich schlage dich hiermit."

„Oh, ja?", lachte er und zog ihr blitzschnell die Schaufel aus den Händen. „Was machst du jetzt?"

Wut vermischte sich mit Angst und Lottes Augen sprangen zwischen Hans' breitem Rücken und der schmalen Tür hin und her. Es war unmöglich, an ihm vorbeizuwitschen. Als sie erkannte, dass sie gefangen war, gefror ihr das Blut in den Adern.

Obwohl Hans noch immer grinste, während er einen Schritt auf sie zuging, hatte sie plötzlich panische Angst. Mit nur etwa einem Meter zwischen sich und der Wand hatte sie nicht viele Möglichkeiten. „Hans, geh aus dem Weg."

„Ich glaube nicht, dass ich das tun werde." Er legte seine Hände auf ihre Schultern, und steif vor Angst konnte sie nicht verhindern, dass er sie an sich zog.

„Spiel nicht die Unnahbare." Er atmete ihr ins Ohr. „Du hast mich das ganze Schuljahr über heiß gemacht."

Lotte schüttelte verwirrt den Kopf. Obwohl sie die gleiche Klasse besucht hatten, hatte sie in zwei Jahren nicht mehr als ein paar Worte mit ihm gewechselt.

„So ist es besser." Hans senkte den Kopf.

Lotte war zu überrascht, um ihr Gesicht rechtzeitig wegzudrehen, zudem hielten seine Hände plötzlich ihren Kopf wie in einem Schraubstock. Dann küsste er sie. Sie presste ihre Lippen zusammen und stieß mit ihren Händen gegen seine Brust, aber eine gefühlte Ewigkeit verging, bevor er sie endlich losließ.

„Das war eine Wucht. Nicht wahr?", sagte er und leckte sich die Lippen.

Lotte sah rot und sie schlug ihm, so fest sie konnte, ins Gesicht. Er sah schockiert aus und rieb sich die Wange, bevor er auf den Boden spuckte. „Das wirst du noch bereuen."

„O ja? Was wirst du tun? Ich schwöre, wenn du mich jemals wieder anfasst, werde ich härter zuschlagen."

Hans ließ seine Hände fallen und senkte seine Stimme. „Ich muss nichts tun. Mein Vater ist der Bürgermeister und Polizeichef. Er könnte deiner Tante den Hof wegnehmen, wenn er wollte. Ein Wort von mir ist alles, was es braucht."

Noch während er seine Drohung aussprach, machte er wieder einen Schritt in ihre Richtung und Lottes ganzes Wesen füllte sich mit abgrundtiefem Entsetzen. Aber Hans versuchte nicht mehr, sie anzufassen.

„Denk an deine Tante, wenn du das nächste Mal planst, mir zu verweigern, was ich haben will."

Sobald Hans außer Sichtweite war, plumpste Lotte zu Boden und schlang ihre Arme um ihre Knie. Die Drohung in seiner Stimme hallte noch lange, nachdem er den Schuppen verlassen hatte und zum Haus zurückgekehrt war, in ihren Ohren nach.

KAPITEL 8

Lotte verbrachte eine ruhelose Nacht in ihrem Zimmer. Hans hatte sie ziemlich erschreckt, als er sich den Kuss gestohlen hatte, aber das war nichts im Vergleich zu dem Entsetzen, das in ihre Knochen sickerte, als sie an seinen Vater dachte und an das, wozu er fähig wäre.

Würde Herr Keller wirklich Tante Lydia den Bauernhof wegnehmen? So wie er es mit den Epsteins gemacht hatte? Ein noch schrecklicherer Gedanke kam ihr in den Sinn. *Was, wenn er Tante Lydia meinetwegen wegschickt? Was wird mit meinen Vettern und Basen passieren?*

Wut über diese schreiende Ungerechtigkeit brachte ihr Blut in Wallung. Hans war derjenige, der im Unrecht war, nicht sie. Er hatte sich Freiheiten erlaubt, zu denen er kein Recht hatte.

Nach einer langen Nacht mit wenig Schlaf nahm sie ihr Fahrrad und fuhr nach Mindelheim, um Irmhild zu besuchen. Lotte erwischte sie, als sie gerade dabei war, sich fertig für die Arbeit zu machen.

„Was machst du hier so früh morgens?", fragte Irmhild und flocht ihr langes Haar geschickt zu einer Krone um ihren Kopf.

„Hans. Er hat mir im Schuppen aufgelauert und sich einen Kuss gestohlen."

„Hans ist abscheulich." Irmhild verzog das Gesicht, während sie ein paar Margeriten in ihre Zöpfe steckte. „Gut aussehend, aber keine Ahnung, wie man Mädchen behandelt."

„Er hat damit gedroht, dass sein Vater den Hof meiner Tante wegnimmt, wenn ich nicht tue, was er will", sagte Lotte mit Tränen in den Augen.

Irmhild umarmte sie fest. „Ich fürchte, das ist keine leere Drohung. Ihm ist alles zuzutrauen. Es gibt Gerüchte darüber, wie er seine Freundinnen behandelt. Er ist kein netter Junge."

„Erzähl mir was Neues." Lotte wischte sich mit den Fingern die Tränen vom Gesicht.

„Aber sein Vater …" Irmhild hielt inne und sah sie ernst an. „Sein Vater ist noch schlimmer. Er ist mein Chef und ich habe viele Male gesehen, dass er kein Quäntchen Mitgefühl hat. Es macht ihm nichts aus über Leichen zu gehen."

"Na toll! Also darf Hans mich küssen, wann immer er will? Ist das das glorreiche Nazi-Leben?" Lottes Wut kochte wieder hoch.

„Natürlich hat er nicht das Recht, dich gegen deinen Willen zu küssen, aber … versprich, mir erst zuzuhören, ja?"

Lotte nickte, ihr Gesicht immer noch eine wütende Grimasse.

„Ich meine …, wenn Hans nur ein paar Küsse will und dafür deine Tante nicht in Schwierigkeiten gerät …" Irmhild zuckte mit der Schulter. „Nun, vielleicht ist ihn zu küssen das kleinere Übel."

„Ich kann nicht glauben, dass du das gerade gesagt hast!" Lotte ging in Irmhilds kleinem Zimmer auf und ab. „Außerdem kann ich Nazis wie Hans nicht auf dem Hof herumlaufen lassen, er würde Rachel finden …" Lotte erstarrte an Ort und Stelle, als sie sich an den ursprünglichen Grund für ihren Besuch bei Irmhild erinnerte. „Genug über mich, wir haben ein größeres Problem."

„Haben wir?"

„Ja. Ich habe Rachel die Ausweise gegeben und sie war überglücklich, aber wohin gehen sie jetzt?"

„Was meinst du damit? An einen sicheren Ort natürlich." Irmhild hatte ihren Satz kaum beendet, als ihr Gesicht fiel. „O Gott, darüber haben wir gar nicht nachgedacht."

„Ich weiß. Ich komme mir so dumm vor, denn sie können ja nicht einfach aus der Scheune spazieren. Jeder hier kennt die vier."

„Sie könnten nach München gehen", schlug Irmhild vor. Die bayerische Hauptstadt war nur zwei Stunden mit dem Zug entfernt.

„Und was tun?"

„Keine Ahnung. Irgendwas wird Rachel schon einfallen." Irmhild zog ihre Schuhe an und nahm ihre Handtasche von der Garderobe. „Ich muss ein paar Besorgungen für meine Mutter machen. Kommst du mit?"

„München wird vom Feind bombardiert. Die Leute verlassen die Stadt, niemand geht freiwillig dorthin." Lotte hakte sich bei Irmhild unter und gemeinsam verließen sie das Haus.

„Du hast recht. Was ist, wenn wir ihnen ein verlassenes Haus suchen, in dem sie wohnen können?", schlug Irmhild vor. „Davon gibt es einige."

„Und was sollen sie essen?", fragte Lotte.

"Nun, sie können doch Lebensmittelmarken beantragen, genau wie alle anderen."

„Das geht aber nur an einem Ort, wo niemand sie kennt. Aber wo? Und wie kommen sie dorthin?"

Irmhild schüttelte den Kopf. „Nun, mit dem Zug können sie nicht fahren. Dafür brauchen sie eine Reisegenehmigung und das bedeutet, dass sie zu mir ins Rathaus kommen müssen. Mein Vorgesetzter wird sie sicher erkennen. Er wird auch merken, dass die Papiere gefälscht sind, und dann werden wir alle in Teufels Küche kommen."

Die beiden Mädchen wurden still. Die Aussichtslosigkeit von Rachels Lage lastete schwer auf ihnen.

„Ich hab's! Erinnerst du dich an das Kloster bei Kaufbeuren? Es ist nur dreißig Kilometer von hier entfernt. Dorthin könnten sie zu Fuß gehen."

Lotte runzelte die Stirn. „Ein Kloster? Kennst du dort jemanden?"

„Ich nicht, aber Uwe schon. Seine Tante lebt dort als Nonne."

Lotte sah sie zögernd an. „Er ist Hans' Freund. Können wir ihm vertrauen?"

„Er ist nicht wie Hans und wir werden ihm sowieso nicht die Wahrheit sagen. Außerdem hat er ein Auge auf dich geworfen. Frag ihn lieb und ich bin sicher, er wird uns helfen, seine Tante zu kontaktieren."

Lotte dachte einen Moment nach und nickte dann. „Uwe klingt nach unserer besten Wahl."

KAPITEL 9

„Musst du heute gar nicht zur Arbeit?“, fragte Lotte, als Irmhild mehrere Briefe für ihre Mutter austrug.

„Ja, aber nur den halben Tag. Ich muss erst am Nachmittag ins Rathaus. Und ich will auf keinen Fall Aufmerksamkeit auf mich ziehen.“

„Gut. Wo könnte Uwe sein?“ Sie waren zu Irmhilds Haus zurückgekehrt und holten ihre Fahrräder.

„Lass uns bei ihm zu Hause anfangen“, schlug Irmhild vor.

„Weißt du, wo er wohnt?“

„Sicher tue ich das. Folge mir.“ Irmhild lachte. „Wer hier aufgewachsen ist, kennt alles und jeden. Der Ort ist nicht so groß.“

Uwe war nicht zu Hause, aber seine Mutter erklärte ihnen, in welchem Waldstück er gerade arbeitete.

Lotte radelte rasch über Stock und Stein, bis sie den Waldrand erreicht hatte. Dann hielt sie an und wartete auf Irmhild, die völlig außer Atem angekeucht kam.

„Ich schätze, von hier an müssen wir laufen.“

Die Mädchen parkten ihre Fahrräder am Wegesrand, ohne

sich die Mühe zu machen, sie abzuschließen, und folgten dem Weg in den dichten Wald hinein. Es dauerte nicht lange, bis sie eine Axt hörten, die Holz hackte, und Irmhild zeigte zu ihrer Linken. „Das muss er sein. Niemand sonst darf hier Bäume fällen. Denke daran, sei besonders nett zu ihm."

Lotte schnitt eine Grimasse, nickte aber und folgte der Richtung des Lärms. Ein lauter Krach erschreckte sie, aber dann wurde es wieder still im Wald.

„Was war das?", fragte Lotte.

„Ein umstürzender Baum. Uwe fällt zuerst den Baum und hackt dann die Äste zu Brennholz. Später werden die Stämme herausgezogen und zum Sägewerk gebracht."

„Ich hatte keine Ahnung. Macht er das alles alleine?" Lottes Bewunderung für Uwe wuchs.

„Nein, Dummerchen, natürlich nicht. Er hat einen Ochsen, der die Stämme an den Waldrand zieht, von wo ein Traktor sie abtransportiert."

„Oh."

Ein paar Minuten später betraten die beiden Mädchen eine kleine Lichtung und hielten an. Uwe stand mit nacktem Oberkörper über einen frisch gefällten Baum gebeugt und schwang seine Axt, aber als er sie bemerkte, richtete er sich auf und ein dümmliches Grinsen breitete sich auf seinem Gesicht aus.

Nach einem kleinen Schubs von Irmhild ging Lotte auf ihn zu.

„Hallo Uwe", begrüßte sie ihn und überlegte, wie sie am besten den Grund für ihren Besuch ansprechen sollte.

Uwe legte mit leuchtenden Augen die Axt nieder und fragte: „Was führt dich so tief in den Wald?"

„Die Suche nach dir", antwortete sie ehrlich.

„Nach mir?" Das dümmliche Grinsen auf seinem Gesicht wurde stärker und er schien ein paar Zentimeter zu wachsen.

Erst jetzt bemerkte Lotte, dass er kein Hemd trug. Sein

braungebrannter Oberkörper bestand nur aus Muskeln. Sie konnte ihre Augen nicht von seinem prallen Bizeps losreißen. Das Kribbeln in ihrem Körper war eine neuartige und verwirrende Erfahrung, da sie noch nie zuvor eine solche Anziehung zu einem Mann verspürt hatte.

Ihr Blick folgte seinen Armen hinunter bis zu den starken Händen, die die Axt festhielten. Sie hatte Uwe nie für etwas anderes als einen netten Jungen gehalten, der zufällig die gleiche Schulklasse besuchte. Bis jetzt.

Uwe schien ebenso verzaubert zu sein und ließ seine Augen an Lottes Körper auf und ab wandern, bis ein Räuspern von Irmhild den Zauber brach.

„Du hast mich gefunden."

„Das haben wir. Also … wie geht es dir?" Sie hätte nichts Dümmeres sagen können, aber aus irgendeinem seltsamen Grund war ihr Kopf vollkommen leer.

Das Lächeln glitt von seinem gutaussehenden Gesicht und er machte eine ärgerliche Geste. „Ich wurde eingezogen!"

Lotte schnappte nach Luft und ihre Hände flogen zu ihrem Mund.

„Das tut mir leid", sagte Irmhild und sah erschüttert aus.

„Mir auch. Ich muss mich nächsten Monat melden, am Tag nach meinem siebzehnten Geburtstag." Sein Gesicht nahm einen verzweifelten Ausdruck an. „Verdammter Krieg. Ich dachte, als Förster werde ich nicht eingezogen. Aber offensichtlich ist dem nicht so."

„Aber hat die Hitlerjugend dich nicht auf das Soldatsein vorbereitet?", fragte Lotte.

„Pah. Jeder muss der Hitlerjugend beitreten, aber das bedeutet nicht, dass ich kämpfen und töten will." Er sank auf den Baumstamm und ließ die Axt zu Boden fallen.

„Warum wurde Hans eigentlich nicht eingezogen? Er ist

schon achtzehn." Lotte biss sich auf die Zunge, aber es war schon zu spät und die Worte waren herausgepurzelt.

„Das macht mich ja so wütend! Hans hätte bereits vor einem Jahr eingezogen werden sollen, aber sein Vater hat das verhindert. Ich bezweifle, dass Hans jemals in die Reihen der einfachen Soldaten eintreten wird."

„Das ist ungerecht." Lotte setzte sich voller Mitgefühl neben ihn auf den Baumstamm. Sie hasste Ungerechtigkeit und das gesamte Naziregime war eine einzige große Schweinerei.

„Das Leben ist kein Ponyhof", grinste Uwe, bevor er seine unglaublich blauen Augen auf Lotte richtete. „Also, sag mir, warum du den ganzen Weg hierhergekommen bist, um mich zu finden."

Lottes Verstand war wie ausgelöscht.

Irmhild kam ihr zu Hilfe: „Nun, Lotte fragte mich, ob ich eine Nonne kenne, und ich erinnerte mich daran, dass deine Tante im Kloster lebt."

„Warum um alles in der Welt willst du mit einer Nonne reden?", fragte Uwe.

„Das würde ich lieber nicht sagen. Wohnt deine Tante in der Nähe?" Lotte sah auf ihre Hände herab.

„Mehr oder weniger. Mit deinem Fahrrad kannst du es locker schaffen. Sie ist in Kaufbeuren, etwa dreißig Kilometer von hier." Besorgnis huschte über sein Gesicht. „Du willst doch nicht etwa eine Nonne werden?"

„Vielleicht. Aber ich habe ein paar Fragen und wusste nicht, wen ich sonst fragen soll." Sie hasste es, ihn anzulügen, aber sie war sich nicht sicher, ob sie ihm vertrauen konnte.

Uwe sah sie kritisch an und grinste dann. „Gut. Ich bringe dich zu meiner Tante, aber ich glaube nicht, dass du Nonne werden willst. Nicht einmal für eine Minute." Er drehte den Kopf und nickte zu dem Baum, von dem er Äste abgehackt hatte, als sie angekommen waren. „Ich muss weiterarbeiten. Wann willst du zu meiner Tante?“

„Können wir morgen hinfahren?“

„Klar. Wir müssen aber früh los, denn es ist eine lange Fahrt. Ist sechs Uhr am Brunnen in Ordnung?“

„Ich werde da sein.“ Lotte hätte ihn am liebsten umarmt, lächelte ihn aber stattdessen einfach an. „Vielen Dank, Uwe.“

KAPITEL 10

Am nächsten Tag stand Lotte lange vor Tagesanbruch auf, kümmerte sich um ihre Morgenarbeit und hinterließ eine Nachricht für ihre Tante, dass sie Irmhild bei einer Besorgung helfen würde. Das hatte sie schon oft getan, so dass sie keine Angst haben musste, ihre Tante würde misstrauisch werden oder sich Sorgen machen.

In ihrem neuen Kleid und den Turnschuhen kam sie gerade noch rechtzeitig am Brunnen auf dem Marktplatz an. Uwe wartete bereits auf sie, ein riesiges schwarzes Fahrrad an seiner Seite.

„Danke, dass du mich zu deiner Tante bringst." Sie begrüßte ihn mit einem schüchternen Lächeln.

„Kein Problem. Du siehst in dem Kleid sehr hübsch aus."

Lotte spürte, wie ihr das Blut in die Wangen stieg. „Meine Mutter hat es für mich genäht."

„Lass uns losfahren. Dreißig Kilometer sind viel. Bist du sicher, dass du das schaffst?"

Einen Moment lang wollte Lotte ihn anfahren und sagen, dass sie sehr gut in der Lage war, die doppelte oder gar dreifache Distanz zu radeln, aber der fürsorgliche Blick in seinen Augen verwirrte sie genug, um ihre boshafte Bemerkung hinunterzuschlucken. „Ich bin bereit."

Eine Weile radelten sie still nebeneinander her, während die Sonne am Horizont aufging und ein klarer blauer Himmel aufzog. Die Nachtkälte hing noch in der Luft, aber der Tag würde wieder heiß werden. Die Weizen-, Roggen- und Gerstenfelder lagen abgeerntet da, aber die Maisfelder standen stark und hoch und erinnerten sie an die bevorstehende Ernte auf Tante Lydias Hof. Je früher Rachel und ihre Geschwister die Scheune verließen, desto besser wäre es für alle Beteiligten.

Nach etwa einer Stunde hörten sie die Geräusche eines sich nähernden Flugzeugs.

„Ab ins Gebüsch", rief Uwe. Er sprang von seinem Fahrrad und schob es in den Straßengraben. Dann nahm er Lottes Hand und zog sie mit sich, um unter einer Reihe von Büschen Schutz zu suchen.

Trotz der Gefahr, die aus der Luft kam, spürte sie nur seine Anwesenheit, und die Art und Weise, wie er Herr der Situation war und ihr damit ein sicheres Gefühl gab.

„Verdammte Engländer." Uwe zeigte auf die Stelle, wo zwei Flugzeuge tief am Himmel hingen, als seien sie auf der Suche nach etwas. Normalerweise kümmerten sich die Bomber nicht um die kleinen Dörfer auf dem Land und zogen es vor, ihre tödliche Ladung über den Großstädten abzuwerfen, aber man konnte nie sicher sein.

Lotte schauderte, als Erinnerungen an die Luftangriffe in Berlin auftauchten.

„Ist dir kalt?", fragte Uwe.

„Nein, es ist nur …" Sie wusste nicht, wie sie ihren Satz beenden sollte.

„Nur was?" Seine Stimme wurde unglaublich sanft.

„Diese Flugzeuge erinnern mich an den Luftangriff, als ich

in Berlin war.“ Sie schauderte wieder. „Meine Schwester hat mich gerettet. Ich hatte zu viel Angst, um aus der Wohnung zu rennen. Ursula musste umkehren und mich aus unserem Wohnblock bis in den Luftschutzbunker schleppen.“

„Musste sie dich oft retten?“

„Oft?“ Lotte kräuselte ihre Nase.

„Ich meine, als ihr noch jünger wart.“

„Eigentlich nicht.“ Lotte lachte, als sie an ihre Kindheit dachte. „Ursula hat in ihrem Leben noch nie etwas Verbotenes getan. Sie hat immer gemacht, was von ihr erwartet wurde, und ist nie in Schwierigkeiten geraten.“

„Klingt nicht so, als wärt ihr verwandt“, sagte Uwe.

Lotte lachte über seine Bemerkung. Als ihr Klassenkamerad hatte er aus erster Hand mitbekommen, wie ungehorsam sie war. Mindestens einmal pro Woche hatte sie vom Lehrer Tatzen bekommen. „Da hast du wohl recht. Sie hat mir selten aus der Patsche geholfen; wahrscheinlich war sie der Meinung, dass ich meine Strafe für den angestellten Unfug verdient habe.“

„Du hast mir nie erzählt, warum du bei deiner Tante wohnst.“

„Das ist eine lange Geschichte.“ Lotte seufzte. Sie vertraute ihm nicht genug, um ihm zu sagen, dass sie aus dem Bund Deutscher Mädel ausgeschlossen worden war, weil sie ihren Mund nicht halten konnte. Auch nicht, dass ihre scharfe Zunge und ihr unbedachtes Handeln bereits unerwünschte Aufmerksamkeit erregt hatten. „Sagen wir einfach, meine Eltern sind der Meinung, es wäre sicherer für mich hier draußen in der Provinz.“

Uwe sah sie aus zusammengekniffenen Augen an, bohrte aber nicht nach. Lange nachdem die Flugzeuge außer Sichtweite waren, erklärte er es schließlich für sicher, wieder auf ihre Fahrräder zu steigen. Noch zweimal mussten sie sich unter Büschen oder Bäumen am Straßenrand verstecken, als feindliche Flugzeuge über den Himmel zogen.

„Das letzte Flugzeug flog viel tiefer am Boden", sagte Uwe, als sie zum dritten Mal auf die Räder stiegen.

„Sind wir bald da?", fragte sie.

„Noch ein paar Kilometer." Er zwinkerte ihr zu. „Kannst du nicht mehr?"

„Das hättest du wohl gern." Sie grinste und trat so hart in die Pedale, bis ihr Herz gegen die Rippen hämmerte. Aber jedes Mal, wenn sie ihn überholen wollte, schüttelte er den Kopf, lachte und fuhr gerade schnell genug, um sie auf Abstand zu halten. Es war zum Verzweifeln, aber gleichzeitig war es eine unglaubliche Gaudi und hielt sie davon ab, sich Gedanken über feindliche Flugzeuge zu machen.

Eine Stunde später standen sie vor den Toren des Klosters. Lottes Gesicht war heiß von der Anstrengung und sie zweifelte nicht daran, dass ihre Haare in wilden Locken um ihren Kopf hingen. Sie versuchte, die zerzauste Mähne notdürftig mit den Fingern zu kämmen, bis sie Uwes Blick bemerkte.

„Was ist?"

„Ich mag dein Haar. Es passt zu deiner Persönlichkeit."

Ihr Gesicht wurde noch heißer. „Oh… danke."

Seine blauen Augen ließen sie nicht los und sie wand sich unter seinem forschenden Blick. „Sagst du mir, warum du wirklich mit meiner Tante sprechen willst?", fragte Uwe.

Lotte runzelte die Stirn. Irmhild hatte ihr eingebläut, keiner Menschenseele etwas zu verraten. Niemals. So sehr sie es auch hasste, Uwe anzulügen, es musste sein. „Ich habe es dir bereits gesagt. Ich denke darüber nach, einem Kloster beizutreten, und habe einige Fragen, die nur eine Nonne beantworten kann."

Uwe öffnete seinen Mund, um etwas zu erwidern, aber genau in diesem Moment öffnete sich die Tür und eine ältere Nonne in schwarzem Habit trat heraus.

„Guten Morgen, Schwester." Lotte schenkte ihr ein zaghaftes Lächeln.

„Guten Morgen. Was können wir für euch tun", antwortete sie freundlich.

Uwe trat vor. „Meine Tante lebt hier im Kloster und meine Klassenkameradin möchte mit ihr sprechen."

„Wie heißt deine Tante?"

„Gretchen … Ich meine Schwester Margarete."

Die Nonne nickte, öffnete die Tür etwas weiter und wandte sich dann an Uwe. „Nur Frauen dürfen dieses Kloster betreten. Du musst draußen warten." Dann fragte sie Lotte: „Wie heißt du?"

„Charlotte Klausen." Alles an ihr zitterte, und obwohl Lotte nicht besonders religiös war, sandte sie ein Stoßgebet in den Himmel. *Bitte, lieber Gott, lass diese Nonnen Rachel und ihre Geschwister aufnehmen.*

„Folge mir", sagte die Nonne.

Lotte trat ein, und sobald die Tür hinter ihr zuschlug, spürte sie den unbändigen Drang, davonzulaufen. Die Atmosphäre hinter den dicken Mauern war so anders als draußen. Ruhig, erhaben, aber auch unheimlich. Sie folgte der Nonne durch lange und dunkle Gänge, bis sie in einen kleinen Raum mit einem Tisch und mehreren Stühlen geführt wurde.

„Bitte setze dich und warte. Ich werde Schwester Margarete Bescheid geben." Die Nonne verschwand und ließ Lotte allein in dem gruseligen Raum.

Sie hatte sich nicht genau überlegt, was sie Uwes Tante erzählen sollte, und wünschte nun, Uwe wäre an ihrer Seite. Aber auf der anderen Seite war es einfacher, mit seiner Tante unter vier Augen zu sprechen.

Die Temperatur hinter den dicken Mauern des Klosters war im Vergleich zu draußen kühl. An einem heißen Tag wie diesem war es eine willkommene Erfrischung, aber Lotte vermutete, es müsse im Winter sehr unangenehm sein. Ihr Blick fiel auf das Kruzifix, das an der Wand hing. Laut Tante Lydia hatten vor Hitlers Machtergreifung in Bayern in den meisten Gebäuden Kruzifixe gehangen. Schulen, Rathäuser, Privathäuser, alle präsentierten stolz ihre Zugehörigkeit zur katholischen Religion. Bis Hakenkreuze und Hitlerportraits die Kreuze ersetzt hatten.

Selbst in kleinen Käffern wie Kleindorf hatte der Nationalsozialismus alles gleichgeschaltet und sich jedes Winkels im Leben der Einwohner bemächtigt. In der Schule lernten sie alles über die arische Herrenrasse. Die Hitlerjugend bereitete die Knaben auf den Krieg vor. Der Bund Deutscher Mädel hämmerte das Ideal der unterwürfigen Frau in die Köpfe der Mädchen. Paare erhielten zu ihrer Hochzeit eine Kopie von Hitlers *Mein Kampf*. Menschen, die nicht an den monatlichen Parteitreffen teilnahmen, wurden ausgegrenzt. Sogar die Bauernschaft förderte zuerst die Propaganda für Hitlers großartiges Reich und danach landwirtschaftliche Themen.

Die knarrende Tür riss Lotte aus ihren Gedanken.

„Guten Morgen. Ich bin Schwester Margarete." Die Nonne trug den gleichen schwarzen Habit wie die erste, aber ihr Gesicht sah viel jünger und sanfter aus.

Lotte knickste. „Es freut mich, Sie zu sehen, Schwester Margarete."

„Man sagte mir, dass mein Neffe dich hergebracht hat. Wie geht es ihm?", fragte Schwester Margarete leise.

„Uwe geht es gut. Er hat die Aufgaben seines Vaters als Förster übernommen." Lotte hielt einen Moment inne. Sie war sich nicht sicher, ob sie die Nonne mit seinem bevorstehenden Einsatz an der Front beunruhigen sollte.

„Er ist so ein guter Junge. Er war schon immer mein Lieblingsneffe. Aber jetzt sag mir, was kann ich für dich tun?"

Lotte wand sich. „Es ist eine ungewöhnliche Bitte."

„Nichts ist ungewöhnlich vor den Augen Gottes", antwortete Schwester Margarete. „Bitte sag mir, warum du die lange Reise zu unserem Kloster auf dich genommen hast."

„Es ist …" Lotte machte eine kurze Pause und hoffte, Gott würde ihr dafür vergeben, dass sie es mit der Wahrheit nicht ganz so genau nahm. „Ich habe vier Waisenkinder gefunden und sie wohnen derzeit auf dem Hof meiner Tante, aber meine Tante hat fünf, bald sechs eigene Kinder zu ernähren, sieben mit mir. Sie kann sich unmöglich um vier weitere kümmern."

„Normalerweise bitten uns die Behörden, Kinder in unser Waisenhaus aufzunehmen, aber in diesem Fall müsste ich die Oberin fragen, ob sie eine Ausnahme für deine Findelkinder macht."

Der Ausdruck auf Schwester Margaretes Gesicht glich Uwes Ausdruck, als er ihrer Ausrede nicht geglaubt hatte. Lotte zappelte mit den Händen und wartete ängstlich darauf, dass die Nonne mehr Informationen haben wollte. Aber kein Laut kam über ihre Lippen.

„Bitte! Sie haben arische Papiere, falls das hilft."

Schwester Margarete zog eine Augenbraue hoch. „Ich werde sehen, ob die Mutter Oberin Zeit hat, mit mir zu sprechen. Bitte warte hier."

Schwester Margarete verließ den Raum so leise, wie sie ihn betreten hatte. Lotte lehnte sich in dem harten Holzstuhl zurück und versuchte, das Zittern ihres Körpers unter Kontrolle zu bekommen. Nichts Schlimmes war passiert und sie hatte nicht einmal gelogen. Sie hatte lediglich einige wichtige Informationen weggelassen.

Eine Ewigkeit später kehrte Schwester Margarete zurück. „Die Mutter Oberin hat zugestimmt, dass die vier Waisenkinder zu uns kommen können. Seit Kriegsbeginn sind viele Kinder auf unsere Hilfe angewiesen."

Lotte erwartete, dass sie nun weitere Fragen stellte, aber

das tat sie nicht. Die Nonnen waren vermutlich der Meinung, es sei das Beste, nicht zu viel zu wissen.

„Komm, ich bringe dich raus, dann kann ich kurz mit Uwe reden." Schwester Margarete führte sie zur Eingangstür und sprach vor dem Kloster einige Zeit lang leise mit Uwe. Als die Kirchenglocken läuteten, neigte sie ihren Kopf und ging wieder hinein.

„Hat meine Tante deine Fragen beantwortet?", fragte Uwe voller Neugierde.

Lotte grinste über seinen schlecht versteckten Versuch, ihr mehr Informationen zu entlocken. „Das hat sie. Nochmals vielen Dank, dass du mich hergebracht hast."

„Wir sollten nach Hause radeln. Es wird allmählich heiß."

Lottes Magen knurrte und erinnerte sie daran, dass sie in ihrer Aufregung vergessen hatte eine Brotzeit einzupacken. Schwester Margarete hatte ihr Wasser angeboten, aber nichts zu essen.

„Hungrig?", fragte Uwe.

„Wie ein Wolf, aber ich habe vergessen, eine Brotzeit einzupacken."

„Gut, dass du mich hast, ich bin bereit zu teilen." Er zeigte auf die Tasche auf seinem Gepäckträger. „Lass uns radeln, bis wir einen schönen Platz zum Picknicken gefunden haben."

Sie fanden eine Wiese mit Schatten spendenden Obstbäumen und einem Bächlein, das träge dahinfloss. Beide zogen ihre Schuhe und Strümpfe aus und baumelten mit den Füßen im kühlen Wasser, während sie Uwes belegte Brote aßen.

Er füllte seine Flasche mit frischem Wasser aus dem Bach auf und gab sie Lotte. Sein Lachen – und die Grübchen, die jedes Mal auftauchten, wenn er lachte – stellten verwunderliche Dinge mit ihr an. Sie blickte schnell weg und leerte die Flasche.

Lotte stand mit beiden Füßen im kühlen Wasser, füllte die

Flasche wieder auf und gab sie ihm zurück. Als sich ihre Hände kurz berührten, geschah etwas noch Seltsameres. Es war, als hätte sie einen elektrischen Weidezaun berührt, nur stärker. Das Kribbeln breitete sich in Wellenbewegungen durch ihren ganzen Körper aus. Schnell ging sie einen Schritt auf Abstand und setzte sich dann wieder auf das Gras. Als Uwe mit Trinken fertig war, blickte er sie an, als ob er sie zum ersten Mal sähe.

„Also, warum wolltest du wirklich ins Kloster gehen?", fragte Uwe mit einem entwaffnenden Lächeln. „Und sag mir nicht, dass du Nonne werden willst. Du bist nicht der Typ, der sich für den Rest seines Lebens hinter diesen dicken Mauern einsperren lässt. Du kannst nicht einmal fünf Minuten lang stillhalten."

„Na gut, ich will keine Nonne werden. Das wäre mir viel zu langweilig." Lotte biss sich auf die Unterlippe und zermürbte sich das Gehirn, wie viel sie ihm sagen sollte.

„Also, warum lügst du mich an?" Uwe lehnte sich auf seine Ellbogen zurück und sah ihr prüfend ins Gesicht.

Ihr Temperament ging sofort mit ihr durch. „Ich habe nicht gelogen! Ich habe mich einfach entschieden, dir nicht alles zu sagen."

„So wird das heutzutage genannt? Nicht alles sagen." Sein Tonfall war neckend, aber sie konnte die darunterliegende Kränkung spüren.

Sie atmete tief durch, bevor sie wieder in seine Augen schaute. „Ich war mir nicht sicher, ob ich dir vertrauen kann."

„Und, vertraust du mir jetzt?"

„Ich weiß nicht …", antwortete Lotte ehrlich, ohne nachzudenken. Der verletzte Blick in seinen wunderschönen blauen Augen brach ihr das Herz und sie wollte ihren Fehler wiedergutmachen. „Schau. Es ist nicht so, dass ich dich nicht mag … Ich meine … um Himmels willen …" Sie brach mitten im Satz ab und schaute über die Wiese auf die Straße.

Ihr Instinkt sagte ihr, dass er sie nicht verraten würde, aber Irmhild hatte die Notwendigkeit äußerster Geheimhaltung so oft betont, dass sie sie nicht enttäuschen wollte. Sie waren nicht mehr nur zwei einfache Mädchen, sondern zukünftige Kriegsheldinnen, Spione auf einer Mission. Und als Spion musste man geheimnisvoll sein. Jeder wusste das.

„Bist du … in einem heiklen Zustand?", fragte Uwe mit leiser Stimme.

Es dauerte einige Augenblicke, bis Lotte die Bedeutung begriff, aber dann errötete sie fruchtbar, so dass ihre Wangen wahrscheinlich dasselbe flammende Rot wie ihre Haare aufwiesen. „Natürlich nicht. Ich bin nicht diese Art von Mädchen! Ich habe vor ein paar Tagen vier Waisenkinder im Wald gefunden."

„Wer sind sie?", fragte er und ignorierte ihre Beschämung.

„Sie heißen Müller. Es sind nur Kinder und ich musste einen sicheren Ort finden, an dem sie bleiben können. Sie können nicht länger in der Scheune meiner Tante schlafen." Lotte schlug sich mit der Hand über den Mund und stöhnte über ihre eigene Dummheit.

„Ich verstehe."

"Bitte sei nicht sauer, aber ich war mir nicht sicher, ob du mir helfen würdest, wenn ich dir den wahren Grund nenne, warum ich deine Tante sehen will."

Uwe stand auf. „Wir sollten weiterradeln. Wir haben noch mindestens zwei Stunden vor uns."

Als sie in Mindelheim ankamen, überlegte Lotte, wie sie ihm danken sollte, aber es fiel ihr nichts ein. Uwe schob sein Rad neben ihres, griff dann hinüber und nahm ihre Hand. „Ich hatte eine schöne Zeit mit dir."

Es dauerte lange, bis dieser erneute elektrische Funke verblasste.

KAPITEL 11

Lotte kam gerade noch rechtzeitig nach Hause, um ihre Abendaufgaben zu erledigen –abgesehen vom Kühe melken – hatte jedoch keine Zeit, mit Rachel zu reden. Sie platzte beinahe mit dem Bedürfnis, die gute Nachricht weiterzugeben, und musste sich während des Abendessens mehrmals auf die Zunge beißen, um sich nicht zu verplappern.

Sie hatte Uwe bereits zu viel erzählt, trotz ihrer guten Absichten, niemandem ein Sterbenswörtchen zu verraten. *Das wird nicht noch mal passieren,* versprach sie sich selbst. Nach dem Abendessen wusch sie das Geschirr ab, während jede einzelne Faser in ihrem Körper danach lechzte, zur Scheune zu laufen. Sekunden zogen sich zu Minuten und als endlich alles aufgeräumt war, rannte sie los.

In der Scheune warteten Rachel und ihre Geschwister gespannt auf dem Dachboden.

„Lotte! Ich habe mir Sorgen um dich gemacht. Was hat Irmhild gesagt?", fragte Rachel.

„Ich habe wunderbare Neuigkeiten." Lotte setzte ein triumphierendes Lächeln auf und richtete sich zu ihrer vollen Größe von einem Meter siebzig auf. „Es gibt ein katholisches Kloster, das euch vier in seinem Waisenhaus aufnehmen wird."

Sie hatte das Wort *Waisenhaus* kaum ausgesprochen, als die kleine Mindel brüllte: „Sind keine Waisenkinder! Brauchen kein Waisenhaus! Will nach Hause!"

Rachels Schultern verkrampften sich und sie beruhigte ihre kleine Schwester mit einem versteinerten Gesichtsausdruck. „Nicht weinen, Kleines. Erinnerst du dich, dass wir Verstecken spielen? Niemand darf wissen, dass wir hier sind."

Mindel tat ihr Bestes, um ihre Tränen zu trocknen, schluchzte aber weiterhin leise, während ihre beiden älteren Brüder Blicke austauschten, die deutlich zeigten, was sie von dem angeblichen Versteckspiel hielten. Beide hatten die Statur von Grundschülern, aber ihre Augen schienen die von Erwachsenen zu sein. Sie wussten Bescheid. Die Erkenntnis sandte einen Stich durch Lottes Herz.

„Gibt es bei den Nonnen Essen?", fragte Aron.

„Es wird genug zu essen geben", beruhigte Lotte ihn, obwohl sie es kaum schaffte, nicht selbst in Tränen auszubrechen. Die letzten Jahre waren für jeden brutal gewesen, aber wie viel mehr hatten diese Kinder gelitten? Spott. Ausgrenzung. Hunger. Und jetzt der Verlust ihrer Eltern und ihres Zuhauses.

Sie nahm Rachel beiseite, damit die anderen sie nicht hören konnten. „Je früher ihr weggeht, desto besser. Wartet, bis alle Lichter im Haupthaus aus sind, und dann brecht ihr auf."

„Wie weit ist es?", fragte Rachel.

„Dreißig Kilometer. Du kennst bestimmt das Kloster in Kaufbeuren."

Rachel nickte.

„Ich weiß, das ist ein weiter Weg, aber nachts könnt ihr auf der Straße gehen und niemand wird euch aufhalten. Ihr solltet es bis Tagesanbruch schaffen können."

„Mindel wird es niemals schaffen, so weit zu laufen. Ich werde sie den größten Teil des Weges tragen müssen“, murmelte Rachel.

Lotte wollte Rachel ihr Fahrrad anbieten, aber das würde viel zu viele Fragen aufwerfen. „Sobald ihr an den Nachbardörfern vorbei seid, sollte nichts mehr anbrennen. Dann kennt euch keiner mehr, und mit den neuen Ausweisen seid ihr nur eine weitere Gruppe von Kindern, die irgendwo Zuflucht suchen.“

„Ich war schon zweimal in Kaufbeuren und weiß, wo das Kloster ist. Ich kann dir nicht genug danken, Lotte.“ Rachel umarmte sie, Tränen der Dankbarkeit in den Augen. „Vielen Dank.“

„Ich bin froh, dass ich helfen konnte. Passt gut auf euch auf und lebt ein glückliches Leben. Vielleicht kannst du mir ja eine Postkarte schicken, wenn der Krieg vorbei ist?“ Lotte befreite sich aus der Umarmung und kletterte die Leiter hinunter, um die Kühe zu melken.

Es war bereits dunkel, als sie mit der letzten Kuh fertig war, und sie spürte die Erschöpfung dieses anstrengenden Tages in jedem Knochen. Nach dem Abseihen der Milch sah sie ein letztes Mal in Richtung Scheune und wünschte den Kindern ein *Behüt Euch Gott!*

Dann kehrte sie zum Haus zurück und setzte in der Dunkelheit vorsichtig einen Fuß vor den anderen. Ihre Augen auf die beleuchteten Fenster fixiert, bog sie gerade um die Ecke, als jemand aus dem Schatten der Hecke direkt vor ihr auf den Weg trat.

„Ah!“, schrie sie vor Schreck. „Wer ist da?“

Einen Moment später erkannte sie Hans. Ihr Herz rutschte ihr in die Hose. *Meine Güte, ich hoffe, er ist nicht hier, um noch einen Kuss zu verlangen.* Sie sammelte all ihren Mut und sagte: „Du hast mich erschreckt, Hans.“

„Habe ich das?“ Hans feixte sie an, machte einen Schritt nach vorne und flüsterte ihr ins Ohr: „Ich habe dir doch gesagt, dass du es noch bereuen wirst, nicht nett zu mir gewesen zu sein.“ Als er zur Seite trat, bemerkte sie zwei weitere Männer, die hinter ihm standen, und noch einige andere etwas weiter weg.

„Uwe, bist du das? Was machst du hier?“ Ihre Stimme brach beinahe vor Angst. Die Art und Weise, wie Uwe dastand und aussah, als würde er überall lieber sein als ausgerechnet hier, ließ ihren Atem stocken. Ihre Augen sprangen zu dem kräftigen Mann, der einen Schritt auf sie zu machte, und sie erkannte Hans' Vater. Seine drohende Haltung machte eines deutlich: Dies war kein Höflichkeitsbesuch.

Ihre Augen kehrten zu Uwe zurück und bettelten ihn schweigend um Hilfe an, aber er sah weg.

Verräter! Elendes Stück Abschaum.

„Fräulein Klausen, mir ist zu Ohren gekommen, dass auf diesem Hof verdächtige Dinge vor sich gehen, und ich bin hier, um der Sache auf den Grund zu gehen.“

Lotte zitterte vor Wut und Angst, aber bevor sie etwas erwidern konnte, schob Herr Keller sie beiseite und fing an, den gleichen Weg entlangzugehen, den sie gerade gekommen war. An der Scheune angekommen, begannen mehrere seiner Lakaien alles zu durchsuchen. Hans und Uwe folgten ihnen. Lotte wollte ins Haus laufen und ihren Kopf unter einem Kissen verstecken, aber damit wäre nichts gewonnen. Vielleicht könnte sie den Bürgermeister überreden, die Epstein-Kinder laufenzulassen?

Etwa zehn Minuten später verließen Herr Keller und die anderen Männer die Scheune und zerrten die vier Kinder hinter sich her. Laute Schreie erfüllten die Luft, aber nachdem einer der Männer Rachel geschlagen und gedroht hatte, sie alle an Ort und Stelle zu erschießen, hörte das Geschrei auf und es war nur noch ein leises Gewimmer zu hören.

Lotte konnte nichts anderes tun, als entsetzt zuzusehen, wie die vier Kinder weggeschleppt wurden, während die Männer von Deportation und dreckigem Judenpack redeten. Uwe erschien plötzlich an ihrer Seite und sah sie entschuldigend an. Aber abgesehen davon tat er nichts, als zuzusehen.

Widerlicher Feigling.

Als Hans mit einem ekelhaften Feixen zurückkam, konnte Lotte ihre Wut nicht eine Sekunde länger in Schach halten. „Du widerliches Schwein. Das ist alles deine Schuld. Unschuldige Kinder wegschicken!“ Sie hob ihre Fäuste und trommelte damit gegen seine Brust. Aber er fing ihre Hände mit einer raschen Bewegung und hielt sie hoch über ihren Kopf. Lotte strampelte, um sich seinem Griff zu entwinden. „Du … du dreckiges … Weichei. Du bist nicht einmal Manns genug, um in den Krieg zu ziehen. Jeder in unserer Klasse wurde eingezogen, nur du nicht. Was hat dein grässlicher Vater getan? Welche Fäden hat er gezogen, damit Mamas Liebling daheimbleiben darf?“

Ein harter Schlag ins Gesicht beendete Lottes Schimpftirade. Sie rieb sich die Wange und starrte schockiert auf Hans‘ Vater, der vermutlich alles mitgehört hatte.

„Pass auf, was du sagst“, knurrte er.

„Sie haben kein Recht, mich so zu behandeln“, fauchte sie ihn an.

„In der Tat habe ich das“, antwortete der Bürgermeister. „Warte nur ab.“ Dann wandte er sich an seinen Sohn. „Nimm sie auch mit.“

Hans fasste sie um die Taille und warf sie wie einen Mehlsack über seine Schulter und trotz Lottes Treten, Schlagen und Kratzen trug er sie zum Polizeiauto, das vor dem Haus ihrer Tante parkte.

„Ihr könnt mich nicht mitnehmen. Ich habe nichts getan", kreischte sie in der schwachen Hoffnung, dass ihr jemand – irgendjemand – zu Hilfe kommen würde.

„Hiermit verhafte ich dich, einfach, weil ich es kann", sagte der Bürgermeister. „Ich hoffe, es wird dir eine wertvolle Lektion sein."

Wertvolle Lektion? Verdammtes Nazigeschmeiß. Sie schaffte es ausnahmsweise, den Mund zu halten, und kämpfte dafür umso stärker, sich aus Hans' Griff zu befreien. Aber je mehr sie strampelte, desto fester hielt er sie, bis sein Griff so eng war, dass sie kaum noch atmen konnte.

„Ich habe dich gewarnt, Schätzchen", flüsterte Hans ihr ins Ohr, bevor er sie auf den Rücksitz schob.

Lotte glaubte, einen Schatten in einem der Fenster im Obergeschoss zu sehen, aber sie konnte sich das auch eingebildet haben. Selbst wenn Tante Lydia sie gesehen hätte, was hätte sie tun sollen?

Lotte war zu wütend zum Weinen, aber sie wusste, dass die Tränen später kommen würden.

KAPITEL 12

Die Polizeiwache in Mindelheim besaß nur eine Arrestzelle, wofür Lotte sehr dankbar war. Wenigstens war sie nicht allein in der feuchten, schmutzigen Zelle mit Gitterstäben an Tür und Fenster.

So elend ihre Lage auch war, zumindest teilte sie diese mit Rachel und deren Geschwistern. Lotte sank auf den Boden, ihre Arme um ihre Beine gelegt, ihr Kopf zwischen den Knien versteckt. Sie wollte nichts sehen und nichts hören. Nicht die abgenutzten Wolldecken, die auf der einzigen Pritsche lagen. Nicht das Moos, das in den Rissen an der Wand wuchs. Und ganz sicher nicht Rachels ruhige, aber verzweifelte Stimme, die versuchte, ihre jüngeren Geschwister zu trösten.

Rachel hatte jedem von ihnen eine Decke gegeben und überredete nun Mindel und Aron, sich zum Schlafen hinzulegen. Bislang funktionierte es nicht und Lotte konnte es ihnen nicht verübeln. Sie hob den Kopf und blickte durch die Eisenstangen in den Flur. Die Zelle befand sich im Keller der Polizeiwache und kein einziges Geräusch drang durch die dicke Decke.

Das ist alles meine Schuld. Ich hätte Uwe nie vertrauen sollen, schimpfte sie sich selbst und schniefte, um ihre Tränen zurückzuhalten. Weinen würde niemandem nützen und sie wollte die Kinder nicht noch mehr erschrecken. In Gedanken versunken erschrak sie, als sie hörte, wie die schwere Eisentür, die nach oben führte, sich erst öffnete und dann wieder schloss. Kurz darauf kamen Schritte den Flur hinunter. Instinktiv schmiegte sie sich dichter an die Wand.

Dann erschien Hans auf der anderen Seite der Eisenstangen. Obwohl sie ihn leidenschaftlich hasste, war sie erleichtert, dass es nicht sein Vater oder einer der Nazischergen war.

„Nicht mehr so hoch zu Ross, oder?", spottete er.

„Hans, das ist ein furchtbares Missverständnis. Bitte hilf uns, hier rauszukommen."

Er schüttelte den Kopf und machte einen Schritt auf sie zu. „Es macht viel zu viel Spaß, dich für das Leiden zu sehen, was du mir angetan hast."

„Ich habe dir gar nichts getan", brachte sie heraus.

„Nun, du hast mich vor meinem Vater gedemütigt." Hans zog eine Grimasse und bedeutete ihr, zur Tür zu kommen.

Lotte zögerte, aber gehorchte dann. Es wäre nicht gut, ihn noch mehr zu verärgern. Als sie sich nur durch Metallstangen getrennt gegenüberstanden, sagte er: „Weißt du, was sie mit Verrätern wie dir machen? All diese schrecklichen Gerüchte, von denen die Lehrer uns sagten, wir sollten sie nicht glauben … nun, sie sind wahr. Du wirst die Möglichkeit haben, es aus erster Hand zu erleben. Es sei denn …"

Lotte verschränkte die Arme und versuchte die Bilder wegzuscheuchen, die auf sie einprasselten. Schiefgegangene medizinische Experimente, Erhängungen, Folterungen und Menschen, die schlechter behandelt wurden als Tiere. Ein heftiges Zittern erschütterte ihren Körper und sie musste die Metallstäbe mit beiden Händen greifen, um sich aufrechtzuhalten. Sie schloss die Augen, um die Galle herunterzuwürgen, die in ihrer Kehle aufstieg. Nach mehreren tiefen Atemzügen öffnete sie ihre Augen wieder, nur um zu sehen, dass Hans die Zellentür geöffnet hatte und hereingeschlüpft war.

„Hans?“

„Weißt du, es muss nicht so sein.“ Er quetschte sie gegen die Steinmauer und legte seine Handflächen auf beiden Seiten ihres Kopfes an die Wand. Sein Körper war so nah an ihrem, dass sie mit jedem Atemzug seinen Oberkörper berührte.

Lotte biss sich auf die Lippen, um nicht laut zu schreien, und versuchte auszuweichen, aber er vergrub eine Hand in ihrem Haar und hielt sie so an Ort und Stelle.

„Lass mich gehen“, bettelte Lotte.

„Du willst deine Freiheit? Ich kann das möglich machen. Du musst nur nett zu mir sein.“ Hans schaute über seine Schulter, dorthin, wo Rachel stand, und mit ihrem Körper ihre jüngeren Geschwister davor schützte, die Szene mitanzuschauen. „Du, komm hier rüber“, befahl er.

Rachel schlurfte widerwillig durch die kleine Zelle. Hans streckte die Hand aus und als Rachel nah genug war, begrapschte er ihren Busen, woraufhin Rachel voller Abscheu aufkeuchte. Lotte stieß ihn weg. „Lass sie in Ruhe! Du hast kein Recht, sie zu belästigen.“

Hans lachte widerlich und kniff fest in Rachels Busen, bevor er ihr Kleid zerriss. „Mal sehen, was du so zu bieten hast. Vielleicht kann ich meinen Vater davon überzeugen, auch dich zu verschonen.“

Als Rachel zurückwich, sagte er leise: „Halt still, oder willst du lieber, dass ich mich mit einem von denen amüsiere?“ Er nickte zu ihren Geschwistern hinüber, die zusammengekauert in der Ecke saßen und versuchten, keinen Mucks von sich zu geben, während Tränen über ihre Gesichter flossen.

Glühende Wut kam über Lotte und sie stürzte sich mit aller

Kraft auf ihn. Er ließ Rachel los und richtete seine Aufmerksamkeit auf sie. Sein halb amüsierter Ausdruck verschwand, als sie ihm ins Gesicht spuckte.

Hans hob die Hand und schlug sie so hart ins Gesicht, dass sie auf den Boden fiel.

Lotte hielt sich die Wange und schmeckte Blut, das aus dem Mundwinkel tropfte. Ihr Kopf dröhnte, ihre Augen tränten und sie musste hilflos zusehen, wie Hans bedrohlich auf sie zukam.

„Hans! Verschwinde da!", bellte Herr Keller aus dem Flur.

„Schmor' in der Hölle, Lotte!" Hans gab ihr einen Fußtritt, bevor er aus der Zelle stürmte und die Tür ins Schloss warf.

Lotte setzte sich mühsam auf und wartete darauf, dass der Bürgermeister seinem Sohn die Leviten lesen würde.

Aber stattdessen brüllte Herr Keller sie mit einem purpurroten Gesicht an: „Du bist widerlicher Abschaum. Ein Hund verdient eine bessere Behandlung als du. Judenfreund! Es würde mich nicht überraschen, wenn du selbst jüdisch wärst."

Lotte schüttelte ungläubig den Kopf.

„Ich werde das nachprüfen und wenn ich auch nur einen Tropfen jüdischen Blutes bei dir oder deiner Tante finde, werde ich sie und ihre Brut mit dem Rest dieses Gesindels deportieren lassen." Herr Keller wandte sich an Hans. „Geh nach Hause und vergiss dieses Stück Dreck."

Dann verschwanden die beiden und ließen ihre Gefangenen im Dunkeln zurück. Die einzige Lichtquelle war das Mondlicht, das durch den vergitterten Lichtschacht hereinschien. Lotte zitterte am ganzen Körper, als Rachel einen Arm um sie legte und sie zur Pritsche führte.

„Es tut mir alles so leid", murmelte Lotte. „Ich wollte meiner Tante und ihren Kindern keinen Schaden zufügen. Ich wollte nur helfen."

„Es ist nicht deine Schuld." Rachel umarmte sie fest. Zwei verängstigte Mädchen in einer dunklen Zelle.

Doch, das ist es. Alles ist meine Schuld. Weil ich voreilig gehandelt und meinen dummen Mund geöffnet habe, ohne nachzudenken. Wie oft hat Mutter mich genau davor gewarnt?

„Ich hätte Hans machen lassen sollen …", flüsterte sie in die Dunkelheit. „Vielleicht wenn ich ihm erlaubt hätte, mich zu küssen … ihm versichert hätte, dass er ein toller Kerl ist, aber ich zu jung bin, um mehr zu tun als Händchen halten. Ich hätte ihm Honig um den Bart schmieren sollen, anstatt ihn zu schlagen."

„Hör auf", sagte Rachel. „Es hat keinen Sinn, dir die Schuld für das zu geben, was passiert ist. Es macht alles nur noch schlimmer."

Ein kleiner Körper kuschelte sich an Lotte und sie hob Mindel auf ihren Schoß. Das Mädchen schmiegte sich an sie, um sich zu wärmen. Lotte schaute zur Seite, wo Rachel das Gleiche mit Aron tat. Der zehnjährige Israel legte seinen Kopf in ihren Schoß und Rachel fuhr beruhigend mit den Fingern durch sein Haar.

Als alle drei Kinder endlich schliefen, sah Rachel Lotte ängstlich an. „Was wird mit uns passieren? Und mit dir?"

„Ich weiß es nicht", flüsterte Lotte, und dann brachen ihre Tränen alle Dämme und flossen nur so über ihr Gesicht. Sie saßen nebeneinander auf der Pritsche, die Rücken an die Wand gelehnt, dabei berührten sich ihre Schultern und Lotte spürte den Trost, einer anderen Person nahe zu sein. So blieben sie sitzen, während die Stunden verrannen. Keine der beiden schlief oder sprach, sondern sie saßen einfach regungslos da.

Irgendwann in den frühen Morgenstunden schreckte Lotte beim Geräusch von Schritten, die auf ihre Zelle zukamen, hoch. Sie stupste Rachel an und zeigte wortlos auf die Tür, während ihre Augen angestrengt versuchten, in der Dunkelheit zu erkennen, wer gekommen war.

Als sie im schwachen Licht Uwes Gesicht erkannte, öffnete sie ihren Mund, um ihn zu beschimpfen, aber er legte einen Finger auf seine Lippen und flüsterte: „Pst. Ich bin hier, um euch da rauszuholen."

Fassungslos und mit riesigen Augen beobachtete sie, wie er die Zellentür öffnete und dann hineintrat und die schlafende Mindel von Lottes Schoß hob.

„Sitz nicht einfach so rum. Wir müssen hier weg", flüsterte Uwe und nahm ihre Hand, um ihr beim Aufstehen zu helfen. Die Berührung seiner Finger ließ das Leben wieder in ihren Körper zurückkehren – und die Scham.

Rachel weckte ihre Brüder und gemeinsam folgten sie Uwe nach oben, wo er leise den Schlüsselbund wieder an den Haken hängte. Dann schlichen sie sich aus der Eingangstür, duckten sich in die Schatten der Nacht und pressten sich an die Hauswand.

Uwe bedeutete ihnen, ihm zu folgen, und führte sie über die abgeernteten Felder zum Waldrand, die schlafende Mindel auf seinem Arm. Abgesehen von ihren Fußstapfen machten sie nicht das leiseste Geräusch, ja, sie wagten es kaum zu atmen.

Als sie die Straße nach Kaufbeuren erreichten, hielt er an und setzte Mindel ab. Im Halbschlaf klammerte sie sich an sein Bein. Uwe zeigte nach Süden. „Da lang. Ihr alle. So schnell ihr könnt, und haltet erst an, wenn ihr das Kloster erreicht habt."

„Uwe …", sagte Rachel, aber er schüttelte den Kopf und trat zurück.

„Ihr müsst euch schicken."

Lottes Gesicht brannte vor Scham. Sie hatte sich gründlich in ihm geirrt und zudem alles vermasselt. Ohne ihr unbedachtes, selbstgerechtes Verhalten hätte Hans nie seinen persönlichen Rachefeldzug gegen sie begonnen und dabei die jüdischen Kinder erwischt. Es war an der Zeit, dass sie die Bedürfnisse anderer über ihre eigenen stellte.

„Uwe. Ich kann dir nie genug für das danken, was du getan hast, aber ich kann nicht mit ins Kloster gehen. Herr Keller wird sicher nach mir suchen, und da ich keine gefälschten Papiere habe, würde ich die anderen nur gefährden."

Uwe sah sie einen Augenblick lang an und nickte dann zustimmend. „Gut."

Lotte umarmte Rachel, Aron, Israel und Mindel ein letztes Mal. „Viel Glück. Passt auf euch auf."

„Danke für alles. Wenn Gott will, werden wir uns nach dem Krieg wiedersehen", sagte Rachel.

„Auf Wiedersehen."

KAPITEL 13

Lotte beobachtete die Epstein-Geschwister, bis sie in der Dunkelheit verschwunden waren, und wandte sich dann an Uwe. „Was jetzt?“

„Komm mit mir“, antwortete er und machte sich auf den Weg in den Wald.

Lotte folgte Uwe immer tiefer in den Wald hinein, kroch Hänge hinauf oder rutschte Abhänge hinunter, immer weiter in unbekanntes Gelände. Bald schon hatte sie die Orientierung verloren, aber jedes Mal, wenn die Angst übermächtig wurde, schaute sie auf Uwes breite Schultern vor sich und fühlte sich wieder sicher. Ihr neues Geburtstagskleid war inzwischen von oben bis unten verdreckt, ebenso wie ihre Turnschuhe. Diese erwiesen sich als ein Segen, der ihre Füße vor den Stöcken und Steinen auf dem Waldboden schützte. Gerade als sie glaubte, vor Erschöpfung umfallen zu müssen, hielt Uwe vor einer kleinen Hütte auf einer Lichtung, die Lotte noch nie zuvor gesehen hatte.

„Wo sind wir?“, fragte sie.

„Tief im Wald. Niemand außer meinem Vater und mir weiß

von diesem Ort, also solltest du hier sicher sein." Seine großen Hände hingen lose neben seinen Hüften und sein Gesicht war zu einem schiefen Lächeln verzogen.

Er öffnete die Tür und zündete eine Kerze an, damit sie hineingehen konnte. „Es ist das Beste, was mir eingefallen ist."

„Es ist perfekt." Obwohl Lotte grässliche Angst davor hatte, die Nacht allein hier draußen verbringen zu müssen, zwang sie sich zu einem zuversichtlichen Nicken. Erinnerungen an die Märchen, die ihre Mutter ihr vorgelesen hatte, als sie ein Kind gewesen war, kamen ihr ins Gedächtnis. Hänsel und Gretel. Allein im Wald, von der bösen Hexe ausgetrickst. Schneewittchen und die Sieben Zwerge. Von der bösen Stiefmutter verfolgt.

Warum ist der Bösewicht in den Märchen immer eine Frau, wenn wir im wirklichen Leben die Männer fürchten müssen? Männer wie Hans, seinen Vater, die SS, Hitler.

Der Klang von Uwe, der seine Kehle räusperte, brachte sie zurück in die Gegenwart.

„Danke für alles, Uwe. Du solltest besser nach Hause gehen, bevor jemand merkt, dass du weg bist."

„Ich kann nicht zurück. Wen, glaubst du, wird Herr Keller dafür verantwortlich machen, den Gefangenen bei der Flucht geholfen zu haben? Nicht seine Männer. Die waren viel zu euphorisch über ihren Fang."

Eiskalte Schauer liefen ihr über den Rücken, als ihr die Bedeutung von Uwes Tat klar wurde.

„Ich … ich wollte niemanden in Schwierigkeiten bringen. Es ist alles meine Schuld." Tränen traten in ihre Augen, aber sie wischte sie hartnäckig weg.

„Es war meine eigene Entscheidung. Niemand hat mich gezwungen, dir zu helfen." Er räusperte sich verlegen. „Wir können es uns genauso gut für den Rest der Nacht bequem machen."

Eine markante Spannung legte sich über sie und ausnahmsweise hatte Lotte keine schlagfertige Antwort. Sie sah sich im schwachen Licht der Kerze in der kleinen Hütte um. In der Ecke lehnte eine Strohmatratze. Sie ging hinüber, legte sie auf den Boden und ließ sich darauf plumpsen, ihre Hände um ihre Beine gelegt, den Kopf zwischen ihren Knien versteckt. Oh, wie gerne wollte sie die Zeit zurückspulen und die Dinge in Ordnung bringen.

Nach einer Weile merkte sie, wie Uwe sich neben sie setzte. Nah genug, um die Wärme seines Körpers zu spüren, aber zu weit weg, um ihn zu berühren.

„Es tut mir leid, dass ich dir nicht vertraut habe."

„Du dachtest, ich hätte euch verraten", sagte er. Es war keine Frage, sondern eine Feststellung.

„Ich wusste nicht, was ich sonst denken sollte, als ich dich auf dem Hof meiner Tante mit Hans und seinem Vater sah." Die Erwähnung ihrer Tante drohte, ihre Tränen von neuem purzeln zu lassen. Sie schniefte. „Du warst der Einzige, der wusste, dass ich die Epstein-Kinder versteckt hielt."

Uwe seufzte. „Hans ist dir schon eine Weile lang gefolgt. Ich habe ihn und seinen Vater auf dem Weg zum Hof deiner Tante getroffen und bin mitgegangen, in der Hoffnung, dass ich dich irgendwie warnen kann."

„Ich weiß nicht, ob es einen Unterschied gemacht hätte. Rachel und ihre Geschwister wollten sowieso heute Nacht weggehen."

Zwischen ihnen herrschte eine lange Stille, bis Uwe wieder den Mund aufmachte. „Hans hat ein Auge auf dich geworfen und jedes Mal, wenn du ihn hast abblitzen lassen, wurde er entschlossener, dich zu erobern."

Lotte ekelte sich bei der Erinnerung an Hans' rabiate Küsse. Die Art und Weise, wie sie sich wehrlos und verletzlich in seinem stählernen Griff gefühlt hatte. Ihre Augen fanden Uwes himmelblaue Augen und sein Blick ließ ein elektrisches Kribbeln durch ihren Körper strömen. Sie fragte sich, wie es wohl wäre, von einem Jungen geküsst zu werden, den sie mochte.

Sie musste nicht lange auf eine Antwort warten. Uwe streckte zögernd eine Hand aus, um eine lose Locke zu nehmen und hinter ihr Ohr zu stecken. Instinktiv lehnte sie sich zu ihm, bis seine Hand ihr Kinn umschloss.

„Ich möchte dich küssen", sagte er.

Ich möchte dich auch küssen. Lotte nickte und als seine Lippen ihre berührten, schloss sie die Augen. Seine Lippen waren weich und anschmiegsam, ein Hauch süßer Berührung. Nach ein paar Sekunden wichen beide zurück und die Verwunderung auf seinem Gesicht spiegelte ihre eigenen Gefühle wider. Dann saßen sie auf der Matratze, achteten aber peinlichst genau darauf, ein paar Zentimeter Platz zwischen sich zu lassen.

Uwe atmete mehrmals tief ein und sagte dann: „Jetzt bin ich ein Deserteur."

„Aber du musst dich doch erst am Tag nach deinem Geburtstag zum Dienst melden", widersprach Lotte.

„Das spielt keine Rolle. Abgesehen davon bin ich auf der Flucht, weil ich fünf Gefangenen beim Ausbrechen aus dem Gefängnis geholfen habe."

Lotte streckte eine Hand aus und legte sie auf seine. „Rachel und ihre Geschwister sollten morgen früh deportiert werden."

„Ich weiß. Ich habe zugehört, wie Herr Keller und Hans darüber geredet haben. Das konnte ich nicht zulassen." Er hielt inne, bevor er weitersprach. „Meine beiden älteren Brüder sind an der Front gefallen. Von meinem Vater haben wir keine Nachrichten … aber jedes Mal, wenn einer von ihnen auf Heimaturlaub war, habe ich die Wahrheit in ihren Augen gesehen. Sie haben mir nie etwas erzählt, aber ich habe zwei und zwei zusammengezählt. Nachdem die Wehrmacht eine Stadt besetzt hat, wird die SS hineingeschickt …" Uwes Stimme wurde brüchig. „Nachdem ich die Grausamkeiten, die Hans' Vater und seine SS-Freunde begangen haben, aus erster Hand gesehen hatte, war es nicht schwer mir den Rest vorzustellen. Früher mochte ich die Nazis und dachte, Hitler sei gut für Deutschland. Dass der Krieg ein notwendiges Übel ist, aber jetzt … hasse ich die schrecklichen Dinge, die sie tun."

Lotte öffnete den Mund, aber er schien ihre Frage zu ahnen und schüttelte den Kopf. „Frag nicht, weil ich es dir nicht sagen werde. Die SS prahlt gerne mit den unmenschlichen Dingen, die sie tun. Es kotzt mich an."

Lotte nickte und Stille füllte wieder die kleine Hütte. Nach einigen Minuten sagte sie leise: „Es tut mir leid wegen deiner Brüder. Auch wir haben seit fast einem Jahr nichts mehr von meinem Vater oder meinem Bruder gehört. Niemand scheint zu wissen, wo sie sind oder ob sie überhaupt noch am Leben sind. Sie könnten sogar Kriegsgefangene in Russland sein."

„Dahin wurden sie geschickt? An die Ostfront?", fragte Uwe und legte einen Arm um ihre Schultern, als sie anfing zu schluchzen. „Pst, versuch etwas zu schlafen. Wir werden uns morgen früh überlegen, wie es weitergeht. Jetzt mach die Augen zu und ruh dich aus."

Lotte glaubte, sie könne in ihrem ganzen Leben nie wieder schlafen, aber die Geborgenheit seines Armes um ihre Schultern und seine tröstende Stimme lullten sie in einen erschöpften Schlaf. Bereits im Halbschlaf spürte sie, wie er sie auf die Matratze legte und sich neben sie kuschelte.

KAPITEL 14

Der Morgen kam und Lotte wachte mit steifgefrorenen Gliedern auf. Im September waren die Tage noch warm, aber die Nächte bereits kühl. Sie blickte zur Seite, wo Uwe im Schlaf vor sich hin murmelte.

Sie versuchte sich zu strecken, ohne ihn dabei zu wecken, war aber nicht erfolgreich.

„Morgen", begrüßte er sie mit einem Gähnen.

Ihr knurrender Magen übertönte ihre Antwort.

„Hungrig?" Er stützte sich auf seinen Ellenbogen und blickte sie liebevoll an.

„Am Verhungern." Lotte hob eine Hand zu ihren unbezähmbaren Locken, die wahrscheinlich wie ein verlassenes Vogelnest auf ihrem Kopf aussahen. Er gluckste und Lotte fühlte sich plötzlich befangen. Bisher hatte sie nie einen Pfifferling auf ihr Aussehen gegeben.

„Gut", sagte Uwe. „Mal sehen, ob wir ein Frühstück für uns finden können. Hier, nimm das." Er reichte ihr einen Eimer und schnappte sich auch einen. Dann führte er sie zu einem nahegelegenen Bach, wo sie ihren Durst stillten und sich erfrischten. Danach trugen sie die vollen Wassereimer zurück zur Hütte und machten sich auf die Suche nach etwas Essbarem. Im Herbst war der Wald reichhaltig gefüllt mit Beeren, Pilzen, Nüssen und anderen essbaren Pflanzen. Zumindest die nächsten Wochen würden sie genug Nahrung zum Überleben finden.

„Pst", flüsterte Uwe und erstarrte. Auf der Lichtung vor ihnen hüpften mehrere Kaninchen. Uwe nahm eine Schleuder aus seiner Jackentasche und ging langsam in die Hocke. Eine Hand suchte nach einem Stein, während seine Augen an den Kaninchen klebten.

Wusch. Der Stein flog durch die Luft und eines der Kaninchen fiel auf die Seite, während die anderen in Panik davonstoben.

„Mann, bist du ein guter Schütze", sagte Lotte ehrfürchtig.

Ein stolzer Ausdruck breitete sich auf Uwes Gesicht aus. „Gelernt ist gelernt. Das ist unser Mittagessen. Jetzt müssen wir nur noch trockenes Holz finden. Wir müssen aber vorsichtig mit dem Rauch sein. Weißt du, wie man so 'n Viech kocht?"

„Ich habe bisher nur Hühner gekocht", antwortete sie.

„Nun, dann hoffen wir mal, dass es beim Kaninchen genauso geht." Er gluckste leise. „Ich kann es ausnehmen und enthäuten, aber das Kochen gehört nicht zu meinen Fähigkeiten."

Lotte beobachtete, wie er das noch warme Tier ausweidete und ihm das Fell über die Ohren zog. Als er fertig war, hob er Fell und Kaninchen auf und sie kehrten zur Hütte zurück, wo er ein Feuer in der Feuerstelle entfachte. Alles, was er tat, sah so einfach aus, so normal.

In der Zwischenzeit suchte sie nach etwas, das sie als Topf benutzen konnten, aber abgesehen von den beiden Metalleimern gab es nichts Passendes.

„Ich schätze, wir müssen unser Mittagessen grillen. Ja, lass uns ein Lagerfeuer machen." Lotte kicherte und machte sich auf die Suche nach ein paar Stöcken. Uwe spitzte sie mit seinem Taschenmesser an und gab sie ihr zurück.

„Was ist los?", fragte er, als er ihren bewundernden Blick bemerkte.

„Eine Schleuder, ein Taschenmesser … was hast du sonst noch alles in deinen Taschen versteckt?"

„Nun, das ist die eine gute Sache, die wir bei der Hitlerjugend gelernt haben. Sei allzeit bereit." Er verzog das Gesicht und beobachtete Lotte, wie sie das Kaninchen auf die Stöcke aufspießte, dann rammte er die Stöcke in die Erde und ließ das Tier über dem Feuer hängen. Sie setzten sich Seite an Seite auf den Boden, beobachteten ihren Braten und drehten ab und zu den Spieß.

„Ich mache mir Sorgen. Ich war noch nie allein", sagte Lotte in die Stille.

„Ich auch. Und ich fühle mich schuldig, weil ich meine Mutter allein gelassen habe. Sie muss verrückt sein vor Angst."

„Tante Lydia wird auch außer sich vor Sorge sein. Sie muss vermuten, dass etwas Schreckliches passiert ist, denn ich glaube, ich habe sie am Fenster stehen sehen, als ich in den Polizeiwagen geschubst wurde." Lotte stand auf, um das Kaninchen zu drehen. „Ich wollte weder ihr noch ihren Kindern Schwierigkeiten machen."

„Was ist mit deiner Mutter?", fragte Uwe.

„Um Himmels willen!" In der Aufregung hatte sie ihre Familie völlig vergessen. Es würde nicht lange dauern, bis Tante Lydia bei Mutter anrief und ihr mitteilte, dass Lotte verschwunden war. Sie atmete tief durch und schluckte den Kloß in ihrem Hals hinunter. „Meine Mutter wird außer sich sein."

„Erzähl mir von deiner Familie“, sagte Uwe, als er ins Feuer starrte.

Ein Stück ihres Herzens zersprang, als sie an ihre Lieben dachte. „Du hast meine Mutter kennengelernt, als sie Anfang des Jahres hier war, oder?“

Uwe nickte.

„Ich bin die Jüngste. Kleines sagen sie, um mich zu ärgern.“ Sie zog eine Grimasse und brachte Uwe damit zum Lachen. „Vater und Richard werden irgendwo in Russland vermisst. Meine beiden Schwestern leben in Berlin. Anna ist Krankenschwester.“

„Ich nehme mal an, sie hat sich zur Wehrmacht gemeldet?“

„Gott, nein. Anna wollte eigentlich niemals Krankenschwester werden. Seit ich mich erinnern kann, ist sie vom Ehrgeiz besessen und hat immer davon geträumt, Biologin zu werden. Aber meine Eltern haben das nicht erlaubt. Sie sagten, es sei undenkbar, dass eine Frau Wissenschaftlerin wird.“ Lotte dachte an die vielen Male, bei denen Anna mit ihren Eltern gestritten hatte. Annas Argumente, dass eine Frau das Recht habe, ihr Schicksal selbst zu bestimmen, und ihre Erwähnung von Wissenschaftlerinnen wie Marie Curie oder Lise Meitner waren auf taube Ohren gestoßen. Nach dem Ausbruch des Krieges hat Anna sich gefügt und ihren aussichtslosen Kampf, sowohl gegen ihre konservativen Eltern als auch die Nazis, aufgegeben, die beide glaubten, der Ort für eine Frau wäre Heim und Herd.

„Also wurde sie Krankenschwester?“, unterbrach Uwe ihre Gedanken.

„Ja. Es schien die logische Konsequenz zu sein. Aber meine ehrgeizige Schwester kann mich nicht täuschen. Ich bin mir ziemlich sicher, dass sie das Thema, an die Universität zu gehen, nach dem Krieg weiterverfolgen wird.“

„Scheint in der Familie zu liegen. Zwei hitzköpfige Schwestern. Was ist mit der dritten?“

„Ursula. Sie ist die Älteste. Sie ist völlig anders als Anna und ich. Du kannst dir nicht vorstellen, wie brav meine Schwester ist. Sie ist nie in Schwierigkeiten geraten. Nicht bei unseren Eltern. Nicht in der Schule. Sie hat sich immer an die Regeln gehalten. Ursula ist so was von gehorsam.“

„Bist du sicher, dass sie deine Schwester ist?“, stichelte Uwe.

„Nun, es gibt Leute, die sagen, dass sie und Anna wie Zwillinge aussehen. Also ja, eine gewisse Familienähnlichkeit ist vorhanden.“ Lotte lachte und beobachtete, wie Uwe aufstand, um das Kaninchen zu drehen. Er schnitt mit seinem Taschenmesser ein Stück ab und gab es ihr. „Hier, probier mal.“

Der Geruch des kross gebratenen Fleisches füllte ihre Nase und ihr lief das Wasser im Mund zusammen. Uwes Augen hingen an ihren Lippen, als sie an dem Kaninchen kaute, was dazu führte, dass es plötzlich in ihrem Kopf wirbelte und sie sogar kurzzeitig vergaß, wo sie war.

Nachdem sie den Bissen heruntergeschluckt hatte, sagte sie: „Noch ein paar Minuten.“

„Ist sie auch Krankenschwester?“

„Wer?“ Der Blick in Uwes Augen hatte sie komplett vergessen lassen, worüber sie gesprochen hatten.

„Deine Schwester Ursula.“

„Oh. Nein. Sie kann den Anblick von Blut nicht ertragen. Sie ist Gefängniswärterin.“ Lotte inhalierte den Duft von gegrilltem Kaninchen.

Seine Augen weiteten sich. „Blödsinn.“

„Nein, wirklich, das ist die Wahrheit. Sie hasst ihren Beruf, aber als das Reichsarbeitsministerium ihr die Aufgabe als Gefängniswärterin zuwies, hat sie nicht widersprochen. Wie gesagt, sie tut immer, was von ihr erwartet wird.“

„Warst du nicht im Januar auf ihrer Hochzeit?“, fragte Uwe.

„Daran erinnerst du dich?“ Lotte hob erstaunt die Augenbrauen und Uwe schaute wie ertappt weg. „Es war komisch. Eine Fernehe. Kannst du dir das vorstellen? Meine Schwester hat einen Stahlhelm geheiratet. Ihr Verlobter durfte nicht mal zu seiner eigenen Hochzeit nach Hause kommen.“

„Unser Essen ist fertig.“ Uwe zog das Kaninchen fachmännisch vom Spieß und teilte es in zwei gleich große Hälften, aber Lotte wollte davon nichts wissen.

„Du bist größer als ich und machst die schwere Arbeit. Du musst mehr essen.“

Uwe argumentierte, aber gab schließlich nach und schnitt sich ein Stück von ihrer Portion ab. Dann aßen sie den leckeren Braten wie Barbaren mit den Fingern und tranken dazu Wasser aus dem Eimer.

Mit Uwe im Wald zu sein, machte Spaß. Es hätte sogar sorglos sein können, wenn es nicht einen Grund gegeben hätte, warum sie sich verstecken mussten.

„Hans und sein Vater sind auf Rache aus. Glaubst du, sie können uns hier finden?“, fragte Lotte mit gepresster Stimme.

„Ich weiß nicht. Aber vorerst sind wir hier sicher.“

Lotte stützte sich auf ihre Ellbogen und seufzte. „Ich bin ein Nichtsnutz, das sehe ich jetzt ein.“

„Warum sagst du das? Du bist alles andere als ein Nichtsnutz.“

„Sieh mich an. Seit fast drei Jahren lebe ich in Kleindorf und melke diese verdammten Kühe. Wenn ich zum ersten Mal die Chance habe, etwas wirklich Bedeutendes zu tun, vermassle ich es und werde erwischt.“

„Es war nicht deine Schuld, so was passiert.“

„Mir schon. Aber so was würde weder Ursula noch Anna noch sonst jemandem passieren.“ Sie vergrub ihren Kopf in den Händen und fuhr mit ernster Stimme fort: „Ich wünschte, ich hätte auf meine Mutter gehört und meinen Mund gehalten.

Schau nur, was es mir gebracht hat, so impulsiv zu sein." Ihre Stimme wurde zu einem Flüstern: „Hans vorzuwerfen, dass er ein Feigling ist, war ein schrecklicher Fehler."

„Das hast du getan?" Die unverhohlene Panik in Uwes Stimme ließ sie aufblicken, direkt in seine entsetzten Augen.

„Ja. Ich glaube, meine genauen Worte waren: ‚Du bist nichts weiter als ein erbärmlicher Feigling, der sich hinter den Rockschößen seines Vaters versteckt.'"

„Kein Wunder, dass er wütend war", sagte Uwe und legte seinen Kopf schief. „Sag niemals einem Jungen, dass er ein Feigling ist. Das ist so ziemlich das Schlimmste, was du machen kannst."

„Ich schätze, das habe ich am eigenen Leib erfahren." Lotte stand auf und sammelte die Knochen, um sie in der Erde zu begraben.

Später gingen sie zum Bach, machten eine Katzenwäsche und putzten sich die Zähne mit den Fingern. Dann trug Uwe einen weiteren Eimer mit frischem Wasser zurück zur Hütte.

Das Leben in den nächsten Tagen verlief ähnlich, wobei Uwe einige Kleintiere für ihr Mittagessen jagte und Lotte wilden Salat, Pilze und Beeren suchte, um die Mahlzeiten zu ergänzen. Zwei herrliche Tage lang taten sie so, als seien sie in einem Zeltlager, aber dann geschah etwas.

KAPITEL 15

Sie lagen faulenzend vor der Hütte, als Stimmen aus dem dichten Wald drangen. Uwe hob den Kopf in Alarmbereitschaft und bedeutete Lotte mit einem Kopfnicken, in die Hütte zu kriechen. Dort kauerten sie in der Ecke, kaum versteckt hinter der Strohmatratze, und warteten, während Lottes Psyche alptraumartige Geräusche von Schritten und Bilder von durch die Tür hereinstürzenden SS-Männern heraufbeschwor.

Erst nachdem sie fast eine Stunde in völliger Regungslosigkeit gewartet hatten, wagten sie sich wieder nach draußen. Sie lauschten in den Wald hinein, aber außer dem Wind war nichts zu hören.

„Wer auch immer es war, er ist weg", sagte Uwe und blickte in den Himmel, wo die Sonne bereits tief stand.

„Ich hatte solche Angst", gab Lotte zu, als sie zusah, wie die Gänsehaut an ihren Armen langsam verschwand.

Uwe ging einen Schritt auf sie zu und legte seine starken Arme um sie. Die Wärme seines Körpers vertrieb ihre Angst und ließ die Bilder von Männern in schwarzen Uniformen verblassen.

Stattdessen wurden ihr der Druck seiner Arme auf ihrer Haut und sein männlicher Geruch sehr bewusst. Hitze stieg in ihr auf und ließ ihr Herz schneller schlagen. Unwillkürlich hob sie ihr Gesicht. Für einen Moment sahen sie sich in die Augen und dann berührten seine Lippen zart die ihren.

Instinktiv öffnete sie ihre Lippen und fühlte, wie seine Zunge ihren Mund mit einer unerwarteten Dringlichkeit erkundete. Der Druck seiner Arme verstärkte sich, als er sie fest zu sich heranzog. In seinen Armen war die ganze Welt ausgeblendet und Lotte überließ sich den Gefühlen, die sie beide füreinander empfanden. Als er mit den Händen über ihren Rücken strich, stöhnte sie vor Wohlgefallen.

Sie packte seine Schultern und hielt sich daran fest wie eine Ertrinkende an einem Rettungsring. Dieser Kuss war, im Gegensatz zu ihrem ersten, weder nervös noch zögerlich. Er war der fordernde Ausdruck einer süßen ersten Liebe zwischen zwei Menschen, die sich ihrer eigenen Sterblichkeit bewusst geworden waren.

„Das war knapp“, hauchte Lotte gegen seine Wange, als seine Lippen über ihren Kiefer streiften.

„Ja.“ Sein Mund kehrte zu ihrem zurück und nach einem weiteren leidenschaftlichen Kuss umarmte er sie fest und vergrub sein Gesicht in ihrer Schulterbeuge. „Gott, ich wünschte, dieser Krieg wäre vorbei.“

„Ich auch.“ Sie setzte sich auf das Gras und klopfte auf den Platz neben sich. Uwe setzte sich hin und sie kuschelte sich in seinen Arm, während Angst und Anspannung langsam ihren Körper verließen.

„Was wolltest du vor dem Krieg mal werden?“, fragte sie ihn leise.

Er zögerte nicht. „Ein Förster wie mein Vater. Ich liebe die Stille des Waldes. Den unverwechselbaren Geruch der Luft.

Die Dämmerung unter den Bäumen. Die Geräusche der Tiere. Ich liebe sogar den Schweiß, der über meinen Rücken läuft, wenn ich Bäume fälle."

Lotte kicherte und fuhr mit den Fingerspitzen über seinen Rücken. „So?"

„Du machst mich wahnsinnig, aber nein, das hier ist noch viel besser." Uwe küsste die Spitze ihrer Nase. „Was ist mit dir? Was wolltest du vor dem Krieg werden?"

„Keine Ahnung. Aber ich kann dir sagen, was ich nicht will. Ich weigere mich, blind Befehle zu befolgen, den Mund zu halten, wenn ich Ungerechtigkeit sehe, und Regeln zu befolgen, die keinen Sinn ergeben."

Uwe lachte, aber es hatte einen Hauch von Traurigkeit. „Ich wette, du warst ein anstrengendes Kind."

„Möglich. Meine liebste Jahreszeit waren die Sommerferien."

„Keine Lehrer, die dir vorschreiben, was du zu tun hast?", vermutete er.

„Genau. Mein Bruder, meine Schwestern und ich machten dann oft mit meinen Eltern einen Ausflug zum See. Richard und ich verbrachten den Tag mit Schwimmen, Rennen, auf Bäume Klettern ..., während meine Schwestern von Jungs schwärmten, die ich damals schrecklich fand." Lotte seufzte bei der Erinnerung an glücklichere Zeiten vor dem Krieg. Ursula und Anna waren achtzehn und siebzehn Jahre alt gewesen und es schien ihr, als hätten sie ausschließlich über Jungs geredet.

Uwe lachte. „Die meisten Jungen in dem Alter sind wirklich schrecklich, was Mädchen betrifft, also hattest du nicht ganz unrecht."

Einige bleiben schrecklich, wenn sie erwachsen werden. „Ich vermisse diese unbeschwerte Zeit."

„Ich auch. Und ich werde diesen Ort vermissen." Uwe zerzauste ihr Haar und zeigte dabei ein Lächeln, aber sie bemerkte die Traurigkeit in seinen Augen. „Wir können nicht hierbleiben. Wer auch immer hier war, wird zurückkommen."

Sie nickte. „Ich wünschte, ich könnte meine Schwestern fragen. Sie würden wissen, was zu tun ist."

„Hast du jemals auf ihren Rat gehört?" Uwe versuchte mit seinem Necken die drückend gewordene Stimmung aufzuhellen.

„Manchmal. Ich war immer so unabhängig ..."

„Und das bist du jetzt nicht mehr?"

Lotte errötete. „Ich schätze, das bin ich immer noch. Aber ich verspreche, nie wieder einfach so drauflloszureden, wenn ich nur meine Familie wiedersehe."

„Würdest du Rachel noch mal helfen, wenn du wüsstest, was passiert?"

„Ja! Ich bereue es nicht, Rachel und ihren Geschwistern geholfen zu haben. Die Tatsache, die ich bedaure, ist, voreilig gehandelt und die Dinge nicht richtig durchdacht zu haben." Ein beunruhigender Gedanke kam ihr in den Sinn. „Ich hoffe, Irmhild ist in Sicherheit."

„Warum sollte sie das nicht sein?" Der verwirrte Blick auf Uwes Gesicht erinnerte sie daran, dass er nicht eingeweiht war.

Sie blickte ihn an. „Sie war diejenige, die die Formulare aus dem Rathaus gestohlen hat, um gefälschte Papiere für die Epstein-Geschwister zu machen."

„Echt jetzt? Du und Irmhild habt Ausweise gefälscht?" Die Bewunderung auf seinem Gesicht entschädigte sie für viele der schlechten Erfahrungen, die sie in den letzten Tagen gemacht hatte.

„Das haben wir. Die vier sind jetzt einhundert Prozent arisch. Niemand wird nach Karin Müller und ihren Geschwistern suchen." Lotte erklärte, wie sie neue Identitäten für ihre Freunde erschaffen hatten, während Uwe ehrfürchtig zuhörte.

Als sie fertig war, schlang er seine Arme um sie. „Ich bin sicher, Irmhild geht es gut. Die Nonnen im Kloster werden die Papiere nicht allzu genau untersuchen."

„Und was ist mit uns? Wo können wir hingehen?" Die Angst schlich sich zurück, als Lotte über die Probleme nachdachte, mit denen sie konfrontiert waren.

„Was ist mit der Schweiz?" Uwe zuckte fragend mit der Schulter.

„Die Schweiz? Ist das nicht viel zu weit weg?"

Uwe war eine Weile lang still. „Soweit ich weiß, sind es drei Stunden mit dem Zug. Also vielleicht hundertfünfzig Kilometer?" Er sah ihre schmutzigen Turnschuhe und seine Stiefel an. „Nenn mich verrückt, aber ich glaube, wir können es schaffen. Wir könnten nachts marschieren und uns tagsüber verstecken."

„Vier oder fünf Tage, bis wir in Sicherheit sind." Lottes Herz hämmerte gegen ihre Rippen. „Kennst du den Weg?"

„Nicht wirklich, aber wenn wir der Hauptstraße nach Südwesten folgen, bis wir den Bodensee erreichen, können wir uns von dort aus durchfragen."

Sie bedachte den Vorschlag eine Weile lang und ließ sich alle möglichen schrecklichen Szenarien durch den Kopf gehen. „Wir brechen heute Abend auf", sagte Lotte. Ein wachsender Nervenkitzel nahm sie in Besitz. Sie würden die Nazis überlisten, und sobald sie in der Schweiz angekommen waren, würde sie einen Brief an Mutter und ihre Schwestern schreiben, mit all den aufregenden Details über dieses Abenteuer.

„Ja. Nach Einbruch der Dunkelheit gehen wir zur Hauptstraße und dann sehen wir, wie weit wir in der ersten Nacht kommen." Uwes Stimme klang umso sicherer, je länger sie sprachen und Pläne für ihr Leben in der neutralen Schweiz machten.

„Kannst du dir vorstellen, wie es sein wird, ohne dass die

Nazis jede Sekunde unseres Lebens kontrollieren?“ Lotte strahlte ihn voller Begeisterung an.

„Das kann ich. Sobald wir die Grenze überquert haben, fangen wir ein neues Leben an.“ Uwe sprang auf, griff nach Lottes Hand und zog sie ebenfalls hoch.

„So glücklich wie jetzt war ich schon seit Jahren nicht mehr.“ Lotte umarmte ihn und streckte ihm das Gesicht für einen Kuss entgegen. Dabei ging sie auf Zehenspitzen, um näher heranzukommen. Er lachte, fasste sie um die Taille und hob sie hoch. Als er sie küsste, geriet die Welt um sie herum in Vergessenheit. Uwe fuhr mit seiner Zunge über ihre Lippen und ihr Magen machte einen Purzelbaum.

„Wir schaffen das“, sagte er, nachdem er den langen Kuss beendet hatte und in ihre grünen Augen hinunterblickte. „Ich weiß es.“

KAPITEL 16

Die nächsten Stunden verbrachten sie damit, Vorräte zu sammeln, die sie mitnehmen konnten, bevor sie sich in die Hütte legten. Uwe hatte entschieden, ein paar Stunden am Nachmittag zu schlafen, bevor sie sich bei Einbruch der Dunkelheit auf den Weg machten.

Aber die Aufregung des bevorstehenden Abenteuers hielt Lotte hellwach und nach Uwes Atem zu urteilen, ging es ihm genauso. Sie stützte sich auf ihre Ellenbogen, um sein Gesicht zu studieren. Seine himmelblauen Augen waren geschlossen, die geschwungenen Lippen zu einem Lächeln geöffnet, das eine Reihe weißer Zähne enthüllte. Nach mehreren Tagen abseits der Zivilisation sprossen ein paar Bartstoppeln auf der weichen Haut seiner Wangen.

Sie konnte nicht widerstehen und fuhr mit dem Finger seinen Kiefer entlang. Er öffnete die Augen und seine Atmung beschleunigte sich. Lotte zögerte, nicht sicher, was sie als Nächstes tun sollte, aber sie hätte sich keine Gedanken machen müssen, denn Uwe packte sie fest, rollte sie auf sich und küsste sie mit einer Leidenschaft, die sie noch nie zuvor erlebt hatte.

Bevor die Dinge außer Kontrolle gerieten, beendete sie den Kuss und kuschelte sich in seine Umarmung. Uwes Kraft und Selbstvertrauen blendeten alle Gedanken an drohendes Unheil aus und sie träumte von einer wunderbaren Zukunft an Uwes Seite in der Schweiz.

„Wir sollten etwas essen, bevor wir gehen", unterbrach er ihre Tagträume.

„Gute Idee", stimmte Lotte zu, obwohl sie sich scheute die Wärme seiner Umarmung zu verlassen. Aber sie hatten eine lange Reise vor sich.

Sie gingen zum Bach. Das klare Wasser gurgelte wie ein glückliches Lachen, als es in winzigen Stromschnellen über die Steine im Bachbett floss. Lotte war gerade mit Trinken und Waschen fertig geworden, als sie es hörte. Hundegebell. Sie drehte sich um, um Uwe zu fragen, ob er es auch gehört hatte.

„Scheiße! Wir müssen weglaufen!" Er rannte nach links und sie stürmte ihm nach. Äste und Büsche zerkratzten ihre nackten Beine, aber sie hielt weder an noch schrie sie auf. Das Herz donnerte bis in ihren Hals, als sie so schnell rannte, wie sie konnte.

Uwe huschte mit einer Leichtigkeit zwischen den Bäumen hindurch, dass sie ihm kaum folgen konnte. Sie rannte schneller, um ihn nicht aus den Augen zu verlieren, ignorierte die Kratzer an ihren Beinen, das Seitenstechen und den Sauerstoffmangel, rannte einfach nur weiter.

Als ein lauter Schrei die Luft zerriss, wusste sie, dass die Männer, die nach ihnen suchten, die Hütte gefunden hatten. Fast gleichzeitig wurde der Lärm von durch den Wald polternden Männern lauter. *Nicht stehen bleiben. Lauf weiter.* Vor ihr schlug Uwe einen Haken nach rechts und Wasser spritze auf, als er einen flachen Bach durchquerte. Lotte folgte ihm, die neuen Schuhe wurden mit kaltem Wasser getränkt, aber ihre Kleidung und ihr Aussehen waren ihr im Moment völlig egal. Zweifellos waren ihre Jäger ergebene Anhänger von Herrn Keller und der Partei und sie hatte keinerlei Zweifel an ihrem Schicksal, sollte sie erwischt werden.

„Scheiße! Kehr um!", schrie Uwe eine Sekunde später, packte ihren Arm und wirbelte sie herum, um zurück durch den Bach zu flüchten.

Lotte erhaschte einen kurzen Blick auf Männer, die auf sie zurannten, und dann hörte sie, wie die Hunde losgelassen wurden. *Ich kann nicht schneller laufen als ein verdammter Hund.*

Sie schafften es über den Bach, aber bevor sie in eine andere Richtung flüchten konnten, traten zwei Männer in SS-Uniformen aus dem Dickicht, ihre Gewehre auf Uwe und Lotte gerichtet. Die Hunde platschten durch den Bach und Lotte warf einen Blick über ihre Schulter auf die bösartigen deutschen Schäferhunde, die nur einen Meter von ihr entfernt standen und darauf warteten, sie und Uwe in Stücke zu reißen, sollten sie auch nur eine falsche Bewegung machen. Lottes Blut erstarrte in ihren Adern und selbst wenn sie gewollt hätte, hätte sie sich nicht bewegen können. Die SS-ler kamen heran und einer von ihnen packte die Halsbänder der Hunde und hielt sie fest, während der andere befahl: „Hände hoch!"

Lotte hob ihre Hände und konnte aus dem Augenwinkel sehen, wie Uwe das Gleiche tat. Die Hunde wurden wieder angeleint und ein SS-Unterscharführer erschien und warf einen Blick auf die beiden verängstigten Jugendlichen.

„Das ist der Deserteur." Er nickte mit dem Kinn in Uwes Richtung. „Gebt ihm, was er verdient."

Die nächsten Sekunden vergingen wie in Zeitlupe und Lottes Aufschrei ließ die Vögel in den Bäumen in alle Richtungen stieben. Ihr Blick sprang von dem SS-Mann, der den Abzug seiner Waffe drückte, zu Uwes verängstigtem Gesicht den Bruchteil einer Sekunde, bevor die Kugel ihn zwischen den Augen traf.

„Nein!“, schrie Lotte und stürzte auf Uwe zu, wurde aber von dem dritten Mann noch im Sprung geschnappt, während Uwe auf den Boden fiel und Blut über seine Stirn floss.

„Ein meisterhafter Schuss“, gratulierte der SS-Mann, der die Hunde hielt.

„In der Tat“, antwortete der erste. „Es ist immer gut, an einem lebenden Ziel zu üben.“

„Mörder! Schweine! Lasst mich runter!“, schrie sie und trat, kratzte und biss ihren Entführer.

„Warum erschießen wir die nicht auch? Lass sie los und ich schaue, ob ich sie mit einer einzigen Kugel erledigen kann.“

Lotte hörte auf um sich zu treten, schocksteif vor Angst. Nachdem sie den kaltblütigen Mord mitansehen musste, sehnte sie sich fast danach, Uwes Schicksal zu teilen.

„Nein. Ich muss dich leider enttäuschen, aber der Chef will sie lebend haben.“

Lotte war sich nicht sicher, ob das eine gute oder schlechte Sache war, aber so oder so hatte sie kein Mitspracherecht. Ihr Entführer brachte ihren erneuten Widerstand mit einem gezielten Schlag auf ihre Schläfen zum Erliegen und warf dann eine halbbetäubte Lotte über seine Schulter. Er trug sie eine scheinbare Ewigkeit, bis sie einen Feldweg erreichten, wo ein Lastwagen wartete.

Dort warf er sie auf den Boden neben dem Lastwagen. Ihr ganzer Körper schmerzte von der rohen Behandlung, und als sie die Augen einen Spalt breit öffnete, glaubte Lotte, sie sei gestorben und in die Hölle gefahren. Hans feixte sie mit einem Ausdruck purer Bosheit an. Sie kroch rückwärts von ihm weg, stieß aber gegen den Reifen des Fahrzeugs.

„Hallo, Schätzchen. Ich habe gehofft, dass wir uns wiedersehen werden.“ Hans streckte die Hand aus, zog sie hoch und schob sie auf die Ladefläche des Lastwagens, wo einer der SS-Männer ihre Hände hinter ihrem Rücken fesselte.

„Du Bastard! Sie haben Uwe getötet! Er war dein Freund!"

„Uwe war ein Narr." Hans schubste sie hart nach hinten, so dass sie auf ihre gefesselten Hände fiel und sich kaum noch bewegen konnte. Panik verbreitete sich in jeder Zelle ihres Körpers, als sie sah, wie er seine Lippen leckte. „Und du bist es auch. Warum sonst würdest du ihn wollen und nicht mich?"

Lotte trat nach ihm, als er eine Hand unter den Saum ihres Kleides steckte, aber er fing ihre Knöchel und setzte sich dann auf ihre Unterschenkel, während er eine Hand zwischen ihre Oberschenkel schob.

Zu versteinert, um sich zu wehren oder auch nur wegzuschauen, begann sie lautlos zu weinen, zu Tode verängstigt über Hans' grimmig entschlossenen Gesichtsausdruck. Das Geräusch von ihrer zerreißenden Unterwäsche ließ sie zusammenzucken, aber das war nichts im Vergleich zu seinen Fingern, die höher zwischen ihre Beine rutschten und Teile ihrer Anatomie erkundeten, die nie zuvor ein Mann berührt hatte. Sie konnte ihr Schluchzen nicht kontrollieren und zitterte bei der Erwartung, was er als nächstes tun würde.

„Du bist nichts als eine dreckige Hure. Ich wette, du warst nicht so prüde, als Uwe es dir besorgt hat. Aber warte nur, du wirst schon noch sehen, wie es ist, wenn ein richtiger Mann wie ich dich vornimmt."

Nach endlosen demütigenden und schmerzhaften Minuten mit seinen Fingern zwischen ihren Beinen hörte sie die ungeduldige Stimme des SS-Untersturmführers. „Worauf warten wir noch? Wir haben nicht den ganzen Tag Zeit!"

„Komme schon", rief Hans und kniff schmerzhaft in ihr weiches Fleisch, bevor er seine Hand entfernte. „Damit du etwas hast, das dich an mich erinnert, bis wir uns wiedersehen." Er sprang von der Ladefläche und einige Sekunden später startete der Motor.

Lotte quetschte sich in die Ecke und kämpfte darum, nicht

jedes Mal herumgeschleudert zu werden, wenn der Lastwagen durch ein Schlagloch polterte. Ihr Gehirn war benebelt und ihr Körper schmerzte, aber sie konzentrierte sich auf eine einzige Sache – Rache für Uwes Tod.

Eines Tages würden diese abscheulichen Mörder die Strafe bekommen, die sie verdient hatten.

KAPITEL 17

Der Lastwagen hielt an und einer der SS-Männer schleifte sie in ein Gebäude, das sie nicht erkannte. Drinnen schob er sie in einen Verhörraum.

„Soll die Gestapo ihren Spaß mit der da haben“, sagte er zu den anderen, als er sie an den Stuhl fesselte.

Gestapo? Das Blut sackte aus ihrem Kopf und sie wäre vom Stuhl gefallen, hätten die Handschellen sie nicht an Ort und Stelle gehalten. Kurz darauf öffnete sich die Tür und zwei Gestapobeamte traten ein. Einer von ihnen war um die vierzig, während der andere nicht viel älter als zwanzig sein konnte.

„Heil Hitler.“ Hacken klickten und Arme schossen in die Luft.

„Danke, die Herren, wir übernehmen“, sagte der ältere Gestapobeamte, schob seinen Kollegen nach vorne und murmelte etwas in der Art, dass er wichtigere Fälle zu lösen hatte.

Der jüngere Beamte nahm einen Stuhl, stellte ihn vor Lotte und setzte sich rücklings darauf, so dass seine stahlblauen Augen auf gleicher Höhe mit ihren waren. Lotte konnte kaum noch atmen und macht sich auf das Schlimmste gefasst. Die Gestapo war nicht dafür bekannt, Samthandschuhe zu benutzen. Aber zu ihrer Überraschung fragte der junge Mann: „Möchtest du etwas Wasser?“

Sie konnte nur fassungslos nicken.

Sein Kollege brachte ein Glas Wasser und hielt es an ihre Lippen, während sie trank. Als sie fertig war, trat er zurück und der junge Beamte mit den durchbohrenden Augen sagte: „Erzähl uns von den Juden.“

Lotte schluckte hart. „Die Juden?“

„Rachel und Mindel Epstein. Sie baten dich um Hilfe?“

Sie nickte, um ein paar Sekunden zum Nachdenken zu gewinnen, während ihr Gehirn im Schnellgang arbeitete. Die Gestapo wusste nichts von den beiden Jungs? War es möglich, dass Hans‘ Vater ihnen nicht gesagt hatte, wie viele Kinder sie versteckt hatte? Hatte er der Gestapo überhaupt gesagt, dass sie alle aus seinem Gefängnis entflohen waren?

„Sie waren unsere Nachbarn und eines Tages tauchten Rachel und ihre kleine Schwester vor der Scheune auf, während ich die Kühe melkte.“

„Was wollten sie?“

„Einen Platz zum Schlafen. Ihre Eltern waren verhaftet worden.“

„Also hast du sie versteckt?“

Lotte nickte. „Die Kleine ist erst vier Jahre alt.“

Der junge Mann starrte ihr in die Augen und es fühlte sich an, als könne er direkt in ihre Seele sehen. „Wem hast du davon erzählt?“

„Niemandem. Ich … meine Tante hätte das nie erlaubt.“ Es war nur eine halbe Lüge. „Mir hat das kleine Mädchen leidgetan, sie sah so süß aus.“

Der Beamte seufzte. „Es sind Juden. Sie sind eine Schande für Deutschland und untergraben das Bestreben unseres

Führers, eine pure Herrenrasse zu schaffen. Wir dürfen kein Mitleid haben, nicht einmal mit einem niedlich aussehenden Kleinkind. Sympathie für die Juden ist ein Verbrechen gegen die glorreiche Zukunft des Vaterlandes."

Lotte benetzte ihre trockenen Lippen und versuchte, reumütig auszusehen.

„Selbst die Juden, die vorgeben vorbildliche Bürger zu sein, haben eine geheime Mission. Sie sind nur hier, um unser Land ins Verderben zu stürzen. Sie haben bereits diesen Krieg begonnen und selbst ein einziger Jude, der innerhalb unserer Grenzen zurückbleibt, könnte unsere ganze Nation zu Fall bringen."

Lotte hörte zu, bemüht, sich nicht ansehen zu lassen, wie sehr seine Worte sie anekelten. Rachel und ihre Familie hatten noch nie jemandem Schaden zugefügt. Sie wollte diesem verblendeten Gestapobeamten sagen, wie dumm seine Argumente waren, aber biss sich gerade noch rechtzeitig auf die Zunge. Das Bild von Uwe, der wie ein Stein zu Boden fiel, kam ihr in den Sinn. Das winzige Loch in seiner Stirn. Ein Tropfen Rot. Ihre scharfe Zunge war schuld an seinem Tod.

„Es tut mir so leid", murmelte sie und Tränen füllten ihre Augen.

Überraschenderweise wurde der Gesichtsausdruck des Beamten sanfter. *Er denkt, es tut mir leid, dass ich Rachel geholfen habe.*

„Es tut mir leid, dass ich ihnen jemals geholfen habe, ich hatte ja keine Ahnung. Das Letzte, was ich will, ist, unserem Land Schaden zuzufügen."

„Der Krieg ist hart und erfordert von uns allen, dass wir schwierige Entscheidungen treffen. Das größere Schema der Dinge ist nicht leicht zu verstehen, besonders wenn man nur eine Frau ist."

Ihr ganzes Wesen rebellierte, aber sie schaffte es, ihren

Blick zu senken und zu nicken. Als sie sich an Irmhilds Ratschlag erinnerte, Hans Honig um den Bart zu schmieren, lächelte sie den jungen Mann an. „Sie haben recht. Ich bin nur ein Schulmädchen und hatte keine Ahnung, dass meine Handlungen so einen Einfluss auf die Geschicke unseres Vaterlands haben können." Sie klimperte mit den Wimpern. Das hatte eine sofortige Wirkung und er lächelte sogar, eindeutig von ihren Bemühungen beeindruckt.

Nach einigen weiteren Fragen sah er zu seinem älteren Kollegen hinüber, der nickte und mit dem Kinn auf die Tür zeigte. Anscheinend hatten die beiden Wichtigeres zu tun, als sie weiter zu befragen. Der junge Mann stand auf und schloss ihre Handschellen auf. „Diesmal lasse ich dich mit einer Warnung gehen."

„Vielen Dank, Herr Polizist. Ich verspreche, eine gute Deutsche zu sein und mich nie wieder von irgendwelchen Juden zu Sympathiegefühlen hinreißen zu lassen." Lottes Herz hüpfte vor Erleichterung. An seinem Gesichtsausdruck erkannte sie, dass sie die richtigen Dinge sagte, und sie war sehr stolz auf sich selbst.

„Du musst im Vorraum noch dein Geständnis unterschreiben", sagte er und folgte seinem Kollegen schnell aus der Tür.

Lotte blieb kurz stehen, unsicher, was von ihr erwartet wurde, aber als sie wütende Stimmen aus dem Vorraum hörte, näherte sie sich der Tür, um einen Blick hinauszuwerfen. Ihre Glückssträhne war zu Ende.

„Ich sage Ihnen, dieses Mädchen macht nichts als Ärger", keifte Herr Keller mit lauter Stimme und listete dann alle ihre abscheulichen Taten auf, einschließlich der Anstiftung von Uwe zum Desertieren und dem Versuch, Hans zu verführen, damit er ihr hälfe die Juden zu verstecken. Mit jedem Wort, das Herr Keller äußerte, fühlte sie das Blut aus ihrem Gesicht weichen und sie taumelte vor Wut und Entsetzen.

Als der Bürgermeister seine Rede beendet hatte, drehte sich der junge Gestapobeamte um und warf ihr einen angewiderten Blick zu. „Es scheint, dass dies nicht das erste Mal ist, dass du es mit den Gesetzen nicht so genau nimmst. Bürgermeister Keller besteht darauf, dass du in ein Umerziehungslager geschickt wirst."

Lottes Kinnlade fiel herunter. „Aber Sie haben gesagt …"

„Nochmals, ich wurde gerade über dein bisheriges Verhalten aufgeklärt. Meine Entscheidung ist endgültig. Du wirst in das Arbeitslager in Ravensbrück geschickt. Heil Hitler!", grüßte er und ging.

„Heil Hitler", murmelte Lotte schockiert. Dann war sie allein im Verhörraum.

KAPITEL 18

Trotz der Wärme des Spätsommertages zitterte Lotte am ganzen Leib.

Vor dem Krieg war sie mit ihren Eltern einmal in Ravensbrück gewesen. Es lag etwa neunzig Kilometer nördlich von Berlin – ein schöner Ort auf der Uckermärkischen Seenplatte mitten im Grünen. Es konnte nicht so schlimm sein, wenn sie an einen so idyllischen Ort geschickt wurde, oder?

Ein Arbeitslager, hatte der Gestapobeamte gesagt. Arbeiten, das konnte sie. Auf dem Bauernhof arbeitete sie während der Erntezeit oft zwölf und mehr Stunden am Tag. Nein, Arbeit machte ihr keine Angst.

Sie hoffte nur, dass ihre Mutter sie ab und zu besuchen durfte. *Mutter. Sie wird so enttäuscht sein.* Lottes Herz zog sich zusammen. *Ich werde sie um Verzeihung bitten, dass ich nicht auf sie gehört habe. Bitte, lieber Gott, lass nur mich bestraft werden und nicht meine Mutter, meine Schwestern oder Tante Lydia. Sie haben nichts getan. Es ist alles meine Schuld.*

Am nächsten Morgen wurde Lotte zum Bahnhof gebracht. Zusammen mit dutzenden anderen Frauen wurde sie auf den

Bahnsteig getrieben, wo sie auf die Ankunft des Zuges warten mussten.

Ihr Magen knurrte und ihre Kehle war ausgetrocknet. Aber sie wagte es nicht, die SS-Männer, die ihre Waffen auf die Frauen richteten, nach etwas Wasser zu frage. Nach einer gefühlten Ewigkeit brachte jemand ein Fass stinkender Flüssigkeit, aber zu dem Zeitpunkt war Lotte so durstig, dass ihr alles egal war. Sie schluckte eine Handvoll dieser ekligen Brühe hinunter, was aber nur eine kurze Erleichterung brachte.

Sie hoffte, dass der Zug bald eintreffen und sie das Glück haben würde, für die lange Reise nach Ravensbrück einen Sitzplatz zu ergattern. Als sie das letzte Mal nach Berlin gereist war, hatte sie fast zwei Tage gebraucht, einschließlich der vielen Unterbrechungen, als alle den Zug verlassen mussten, weil sich feindliche Bomber genähert hatten.

Als der Zug ankam, fiel ihr die Kinnlade zu Boden. Es war eine lange Reihe von Viehwaggons, die alle bis oben hin mit verzweifelten Frauen gefüllt waren. *Ich werde auf keinen Fall in einen dieser Waggons steigen. Kein Mensch, der jemals einen Fuß in diese Güterzüge gesetzt hat, ist wieder zurückgekommen.*

Aber als die SS großzügig ihre Schlagstöcke einsetzte, hob Lotte ihr Kinn und folgte den anderen Frauen mit Todesverachtung in den überfüllten Wagen. Sie rümpfte die Nase über den erbärmlichen Gestank, eine Mischung aus Exkrementen, Schweiß und Angst, der sie zum Würgen brachte.

Sie versuchte sich an die Wand des Waggons zu quetschen, in der Hoffnung, dass dort frische Luft durch die Lamellen eindringen würde, aber sie wurde immer wieder beiseite geremprlt. Die Luft war erfüllt von Schluchzen, verzweifelten Gebeten und wütenden Verwünschungen, die wenigsten davon auf Deutsch. Die drückende Hitze ließ den Schweiß über Lottes Stirn laufen, aber sie konnte nicht einmal ihre

Hand heben, um ihn wegzuwischen, so dicht war das Gedränge im Waggon.

Nach stundenlangem Stehen Rücken an Rücken mit den anderen Gefangenen krampften ihre Beine und sie wäre zusammengebrochen, wenn sie nicht wie eine Sardine in der Dose gegen mehrere andere Frauen gequetscht gewesen wäre.

Mit jeder Kurve, die der Zug fuhr, schwappte ein Meer aus Körpern von einer Seite zur anderen. Als der Zug irgendwann abrupt anhielt, wurde Lotte gegen die Wand geworfen und das Gewicht von dutzenden auf sie stolpernden Frauen presste die Luft aus ihrer Lunge. Immer noch um Atem ringend, bemerkte sie, wie sich die Waggontür öffnete und eine Brise frischer, kühler Luft hereinwehte.

Aber kurz darauf wurde eine weitere Gruppe verängstigter Frauen in den vollen Viehwagen gequetscht. Wie das möglich war? Das wusste Lotte beim besten Willen nicht. Aber obwohl im Inneren kein Platz mehr war, hielt der Zug noch einige Male an, um weitere Gefangene einzuladen. Lotte musste vor Erschöpfung eingeschlafen sein, denn als sie ihre Augen wieder öffnete, war es draußen dunkel und die Temperatur war gesunken.

Nachdem sie bereits mehr als vierundzwanzig Stunden unterwegs war, klebte Lottes Zunge am Gaumen, aber es gab nirgendwo Wasser. Am nächsten Morgen erreichten sie schließlich ihr Ziel.

„Raus! Schnell!", schrie jemand. Lotte stolperte ins Freie, wo den Frauen befohlen wurde, sich in Fünferreihen aufzustellen, bevor sie etwa eine halbe Stunde zum Lager marschierten.

Zunächst begrüßte Lotte das Verlassen des Zuges. Sie verzog sogar ihre Lippen zu einem Lächeln, als sie bemerkte, dass die weiblichen Wachen eine ähnliche Uniform trugen wie ihre Schwester Ursula, die Gefängniswärterin war. Aber das

Lächeln verließ ihr Gesicht wenige Augenblicke später, als eine der Wachen mit der Peitsche nach Lottes Arm schlug, weil sie nicht in einer Linie mit der Frau vor ihr marschierte.

Ihre Schwester hatte keine Peitsche und war stolz darauf, dass sie ihren Schlagstock noch nie benutzt hatte. Aber diese Frauen taten es. Häufig und mit Begeisterung. Jedes noch so kleine Vergehen wurde mit einem Peitschenhieb oder einem Stockschlag bestraft. Als eine Gefangene nicht mehr mithalten konnte und zu Boden fiel, brachte Lottes instinktive Reaktion, der Frau aufzuhelfen, ihr einen weiteren Peitschenhieb ein.

„Weitergehen", keifte die Wärterin.

Immer mehr Frauen fielen zurück und da hörte Lotte es – bellende Hunde. Und dann gefror ihr das Blut in den Adern beim unbeschreiblichen Klang in höchster Panik kreischender Frauen.

Diesmal setzte sie keinen Schritt aus. Sie ging weiter, die Augen auf den Rücken der Frau vor ihr geheftet, entschlossen, alles und jeden um sich herum nicht mehr wahrzunehmen.

Sie sah weder den dunkelblauen See in der Ferne noch den Kiefern- und Birkenwald um das Lagergelände herum und sie bemerkte auch nicht die malerische Stadt, durch die sie marschierten. Sie hörte nicht einmal das Geräusch von sich schließenden Fensterläden in den Häusern, an denen sie vorbeikamen. Aber sie konnte nicht anders, als den seltsamen Geruch in der Luft zu bemerken, der von der dunklen Rauchwolke herüberwehte, die aus einem hohen Kamin jenseits der Lagermauern aufstieg.

Eine Welle des Heimwehs durchflutete sie. Sie war näher dran an Berlin und ihrer Familie als seit Monaten, und doch so unerreichbar fern. Als sie die Mauer erreichten, die das Lager von der Außenwelt trennte, erschien aus dem Nichts eine Schar männlicher Wachen und brüllte auf die Neuankömmlinge ein.

Trotz allem, was sie in den letzten Wochen durchgemacht hatte, hatte Lotte noch nie in ihrem Leben mehr Angst gehabt als in diesem Augenblick. Sie hielt den Atem an, als sie an einem Schäferhund vorbeigehen musste, der mit seinen Lefzen schnappte und heftig knurrte. Vor ihr verlor eine Frau die Kontrolle und rannte weg. Wohin, wusste Lotte nicht.

Einer der Wärter lachte fies und ließ den Hund von der Leine. Das Tier stürzte sich auf die verängstigte Frau, biss und zerrte an ihrem Fleisch, während sie gepeinigt aufkreischte. Lottes Magen revoltierte ob dem morbiden Spektakel, aber sie schaffte es irgendwie, sich aufrechtzuhalten und weiterzugehen. Die Wärter klatschten, lobten den Hund und zeigten dorthin, wo die jetzt tote Frau lag.

Lotte wurde gestoßen und geschubst und bald erreichten sie das Metalltor in der Mauer, die das Arbeitslager verbarg. Sie dachte, sie hätte das Schlimmste hinter sich, aber nichts hätte sie auf den Anblick vorbereiten können, der sie erwartete, als sie durch das Tor schritt.

Lange Reihen von niedrigen Gebäuden mit kleinen Fenstern und jeweils nur einer Ein- und Ausgangstür lagen vor ihr. Wo außerhalb des Lagers grünes Gras und Blumen gewachsen waren, gab es hier nichts Schönes oder Lebendiges. Lotte schluckte den Kloß in ihrem Hals hinunter, als abgrundtiefer Horror sie zu überwältigen drohte. Irgendwie setzte sie einen Fuß vor den anderen, im Bestreben, die Wärterinnen, welche die lange Schlange der Frauen ankeiften, nicht zu verärgern.

Die Wachen teilten die Neuankömmlinge in zwei Gruppen ein. Alte und schwache Frauen auf der einen Seite, junge und starke auf der anderen. Lotte hatte nichts dagegen, sich der Gruppe junger Frauen anzuschließen, sie hoffte nur, dass die Alten an einen freundlicheren Ort gebracht würden.

Dann wurden sie weitergetrieben, nunmehr als Pulk und nicht mehr in einer geordneten Reihe. Sie gingen an den weißen Gebäuden vorbei, die sich als Unterkünfte herausstellten. Lotte sah mit Entsetzen die Häftlinge an, die bereits dort waren: Kahle, skelettartige Figuren trugen identische blauweiß gestreifte Kleider mit weißen Kopftüchern. Sie sahen nicht mehr aus wie Menschen, sondern wie schreckliche Kreaturen, die aus einem Horrorfilm entkommen waren. Wandelnde Skelette des Elends.

„Monster", schrie eine Frau, „bitte haltet diese Monster von mir fern."

Die Reaktion der Wärterin war ein hässliches Lachen und das Knallen ihrer Peitsche. Lotte duckte instinktiv den Kopf. Die Anzeichen für das Schicksal, das auf sie wartete, raubten ihr den Atem. Dennoch ging sie weiter, immer einen Fuß vor den anderen setzend. Dabei achtete sie darauf, sich in der Mitte der Gruppe zu halten, weil sie schnell gelernt hatte, dass dies der beste Ort war, um weder von den Wachen geschlagen noch von den Hunden geschnappt zu werden.

„Lotte?", flüsterte jemand ihren Namen.

Lotte blickte in Richtung der Stimme, ohne dabei ihren Kopf zu bewegen, und sah aus den Augenwinkeln Irmhild, die sich vorsichtig durch die Gruppe der Frauen zu ihr hinbewegte.

„Meine Güte, Irmhild, du auch?" Lotte keuchte, schaute aber geradeaus.

Ihre Freundin machte einen verängstigten Eindruck. „Sie haben Rachel und Mindel mit den gefälschten Papieren erwischt. Es war ein Leichtes für den Bürgermeister herauszufinden, dass ich sie gemacht habe."

„Es tut mir so leid", flüsterte Lotte. „Das ist alles meine Schuld." Wieviel Leid würden ihre unüberlegten Handlungen noch verursachen?

„Herr Keller war wütend, weil Aron und Israel entkommen sind. Er hat sogar die Gestapo angelogen und gesagt, es waren nur zwei Kinder in der Scheune versteckt, weil er nicht für seine eigene Unfähigkeit bestraft werden wollte."

„Zumindest etwas." Lotte bewegte ihre Hand, um Irmhild kurz zu berühren. Die Schuld, ihre Freundin in diese Sache hineingezogen zu haben, lastete schwer auf Lottes Seele, aber gleichzeitig tröstete sie die Tatsache, dass sie nicht allein in diesem Albtraum war.

Die Frauengruppe kam vor einem Gebäude mit der Aufschrift *Brausebad* zum Stehen. Lotte seufzte. Ihr Sommerkleid klebte an ihrer Haut und sie war von Kopf bis Fuß mit Schweiß und Schmutz bedeckt. Eine Dusche wäre eine willkommene Erfrischung nach dieser höllischen Zugfahrt.

„Nackt ausziehen", schrie eine Wärterin sie an.

Mit schamroten Wangen blinzelte sie zu Irmhild hinüber, die den gleichen beschämten Ausdruck auf ihrem Gesicht trug. Zu allem Überfluss war eine große Gruppe Männer in SS-Uniform den Frauen bis zum Brausebad gefolgt. Jetzt lehnten sie sich auf ihre Gewehre, starrten die Gruppe der verängstigten Frauen lüstern an und machten anzügliche Bemerkungen.

„Brauchst du eine extra Einladung?", zischte eine Wärterin und knallte ihre schreckliche Peitsche in der Luft. Der Hieb zerriss Lottes Sommerkleid und hinterließ eine brennende Spur auf ihrem Rücken. Sie knirschte mit den Zähnen, öffnete die Knöpfe und zog ihr Kleid über den Kopf.

Als sie nur noch ihre Unterwäsche trug, die bereits von Hans' grober Behandlung zerrissen war, zögerte sie. Kein Mann hatte sie je nackt gesehen, geschweige denn eine ganze lüsterne Horde von ihnen. Erinnerungen an Hans' Attacke lähmten sie. Wie viel schlimmer könnte das alles noch werden?

„Zieh diese schäbigen Dinger aus und wirf sie hier rüber", schrie ihre eine Wärterin ins Gesicht und schlug dabei Lottes Beine mit dem Schlagstock.

„So ist es richtig, du Flittchen. Zieh die Klamotten aus und zeig uns deine Titten und deinen Arsch.“ Die SS-Männer johlten und grölten, und machten unzüchtige Kommentare, von denen Lotte die meisten nicht wirklich verstand.

Sie zuckte zusammen, zog aber ihre Unterwäsche aus und warf dann die zerrissene Unterhose auf den Stapel vor ihr. Die Wärterin hob sie mit ihrem Schlagstock hoch und zeigte sie den johlenden Männern. „Sieht so aus, als hätte die hier vor ihrer Verhaftung ein wenig Spaß gehabt.“

„Komm her und wir können alle Spaß haben", sagte einer der uniformierten Männer mit unverhohlener Lust.

Lotte wurde karmesinrot bei der Aufforderung und musste sich auf die Zunge beißen, um ihren Protest herunterzuschlucken. Es war die entwürdigendste und schrecklichste Situation, die sie je in ihrem Leben erlebt hatte. Genau genommen war ihr Leben eine Abfolge von immer fürchterlicheren Erfahrungen, seit Herr Keller sie verhaftet hatte.

Wird das niemals enden?

Glücklicherweise wurde ihr befohlen, ihre Schuhe aufzuheben und das Brausebad zu betreten – weg von den gierigen Blicken der SS-Männer. Aber im Inneren erwartete sie der nächste Schock. In zwei Gruppen aufgeteilt, wurden die Frauen der ersten Gruppe auf einen Friseurstuhl gezwungen. Klipp, Klapp machte die Schere und nahm den Frauen ihre Weiblichkeit; ließ sie mit kahlen Schädeln ohne Augenbrauen und ohne ein einziges Haar zwischen den Beinen zurück.

Lotte schloss die Augen, aber sie konnte die Schluchzer von ehemals schönen Frauen, die zu Vogelscheuchen reduziert wurden, nicht ausblenden. Sie rollte eine Haarsträhne um ihren Finger. Obwohl sie ihre unbezähmbaren Locken immer gehasst hatte, wollte sie sie definitiv nicht verlieren.

Als sie an der Reihe war, auf dem Friseurstuhl Platz zu nehmen, verspürte sie Erleichterung, als der Mann die Schere nach getaner Tat wieder weglegte, aber die Freude dauerte nur den Bruchteil einer Sekunde.

Denn dann wurden ihre Beine rechts und links festgeschnallt und er hielt ein metallenes Instrument in Form eines Entenschnabels hoch. Ohne Vorwarnung stieß er es tief in sie hinein und drückte die beiden Seiten rücksichtslos auseinander.

Lotte konnte den Schmerzensschrei nicht zurückhalten und schluchzte, als sein gummibehandschuhter Finger dem Instrument in ihr Inneres folgte, wo er stocherte, sondierte und quälte. Sie bemerkte kaum, wie er seinen Finger entfernte, ihren Mund aufzwang und mit demselben Finger, der gerade da unten drin gewesen war, an ihren Zähnen rüttelte. Die Krankenschwester an seiner Seite notierte pflichtbewusst seine Kommentare auf einer Liste.

Angeblich diente diese Untersuchung dazu, die Neuankömmlinge auf Geschlechtskrankheiten zu testen, aber Lotte musste keine Krankenschwester zur Schwester haben, um zu wissen, dass dies nicht wahr war. Da weder das Instrument noch die Gummihandschuhe des Doktors zwischen den Patientinnen gereinigt oder gar gewechselt wurden, war dies eindeutig dazu gedacht, die Frauen zu demütigen und zu entwürdigen.

Wie ein Zombie kletterte sie vom Friseurstuhl und schlurfte in den nächsten Raum, um eine eisige Dusche zu nehmen. Wenigstens gelang es ihr, ihren Durst zu stillen, indem sie das Wasser mit dem Mund auffing. Zitternd hob sie ihre Schuhe auf und trug sie auf den Appellplatz. Nachdem sie stundenlang nackt in der Schlange gestanden hatte, erhielt sie ein hässliches blau-weiß gestreiftes Kleid aus grobem Stoff mit einem weißen Kopftuch. Trotz des kratzigen Materials war es eine Wohltat, sich wieder anziehen zu dürfen.

Lotte wagte einen Blick zu Irmhild und rückte näher an

ihre Freundin heran. Beide bekamen ein grünes Dreieck aus Stoff und ihre Gefangenennummer, die sie jederzeit auf ihrer Kleidung zu tragen hatten. Sie brauchte nicht zu fragen, was die Strafe für Ungehorsam sein würde. Das grüne Dreieck identifizierte sie als gewöhnliche Kriminelle.

Als ihnen befohlen wurde, zu den Baracken zu marschieren, griff Lotte nach Irmhilds Hand, um in dieser feindlichen Welt ein wenig Trost zu finden.

KAPITEL 19

Lottes einziger Trost war, dass sie und Irmhild in die gleiche Baracke geschickt wurden. Die Aufseherin, wie die Wachen genannt wurden, brüllte etwas hinein und eine abgemagerte Frau mit toten Augen eilte zum Eingang.

„Bring diese Gefangenen unter und sorg dafür, dass sie in zehn Minuten zum Appell erscheinen", rief die Aufseherin.

„Ja, Frau Aufseherin", antwortete die kahlköpfige Frau und bedeutete Lotte und Irmhild ihr zu folgen.

Als sie das flache Gebäude betrat, hielt Lotte sich die Nase zu. Es stank ekelhaft nach menschlichen Ausscheidungen, Krankheit und Tod. Sie begann zu würgen, aber es reichte, sich die Strafe vorzustellen, die sie bekommen würde, sollte sie hier alles vollkotzen, um das Erbrochene wieder herunterzuschlucken.

Etagenbetten, drei Stockwerke hoch und kaum mehr als einen Meter fünfzig lang, säumten die Wände der sechs großen Räume in der Baracke. Die einzelnen Räume waren durch einen schmalen Flur miteinander verbunden. Die kahlköpfige

Frau stellte sich als Blockälteste, Verena, vor und führte sie zu einem der Stockbetten.

„Willkommen in der Hölle auf Erden. Dein Schlafplatz ist da oben." Sie zeigte auf das oberste Bett. „Wir tun die Neuankömmlinge immer nach ganz oben, weil sie noch stark genug sind, um raufzuklettern." Dann schlurfte sie zu einer anderen Koje, schnappte sich eine Wolldecke und gab sie Irmhild. „Du hast Glück, die Besitzerin ist letzte Nacht gestorben. Du kannst ihre Decke haben. Pass gut darauf auf. Es wird dein kostbarstes Eigentum werden, sobald der Winter einsetzt."

Irmhild machte sich daran, das zugewiesene Bett ohne die Hilfe einer Leiter zu erklimmen, während Lotte darauf wartete, dass Verena ihr auch einen Platz zuwies.

Verena hustete trocken. „Wenn ihr fertig seid, zeige ich euch alles."

„Und ich?", fragte Lotte.

„Was ist mit dir?"

„Wo kann ich schlafen?"

Verena zeigte mit dem Finger. „Da oben, bei deiner Freundin."

Lotte schluckte hart und sank auf die untere Koje. Die nackte Strohmatratze, die mit Holzspänen gefüllt war, kratzte an ihren Beinen. *Ich schätze mal, wir werden auch kein Laken bekommen. Wenigstens teile ich das Bett mit Irmhild und nicht mit einer Fremden.*

Irmhild kletterte wieder hinunter, ihre Augen voller Angst und Ekel. Lotte packte ihre Hand und flüsterte: „Solange wir zusammen sind, ist es nicht halb so schlimm."

Verena führte sie zur stinkenden Latrine am Ende der Baracke, einem Raum mit nichts als einem Dutzend Kloschüsseln.

„Du kannst sie zu den vorgesehenen Zeiten benutzen, aber nie nachts, weil die Türen verschlossen sind. Für den Notfall stehen Eimer am Eingang der einzelnen Räume zur Verfügung. Und jetzt beeilt euch, sonst kommt ihr zu spät zum Appell, und wenn das passiert, kommen wir alle in Teufels Küche.“

Lottes Magen knurrte heftig.

„An den Hunger gewöhnt man sich nie", murmelte Verena.

Nachdem sie erst vor wenigen Stunden gezwungen worden war, nackt an den gelüstigen SS-lern vorbeizugehen, brach auf ihrem gesamten Körper eine Gänsehaut aus, als Lotte nun auf dem gleichen Weg zurückging. Sie strich mit dem Finger über das kratzige Material ihrer Gefängnisuniform, um sicherzustellen, dass sie noch da war und sie vor den wollüstigen Blicken schützte, die ihre Sittsamkeit verletzten.

Tausende und Abertausende von Frauen strömten auf den Appellplatz, jede zombiehafter und abgemagerter als die nächste. Die Erkenntnis, dass sie selbst bald genauso aussehen würde wie der Rest, traf sie wie ein Hammerschlag. Ein Bild menschlichen Elends. *Lieber Gott, was habe ich getan?* Plötzlich schien die Vorstellung, Hans zu küssen, geradezu angenehm.

Jede Frau, außer den Neuankömmlingen, schien einen exakten Standplatz zu haben. In den wenigen Stunden, die Lotte schon im Lager war, hatte sie gelernt, niemals auch nur den Bruchteil einer Sekunde zu zögern, bevor sie den Befehl einer Aufseherin ausführte. Als die Neuankömmlinge angebrüllt wurden, sich in der ersten Reihe aufzustellen, sprintete sie deshalb nach vorne, um den ihr zugewiesenen Platz einzunehmen.

Der Appell dauerte ewig und Lotte kämpfte mit Müdigkeit, Hunger und krampfenden Beinen, aber weder taumelte sie noch verzog sie eine Miene. Bis ein Mann, der als der verantwortliche Lagerarzt vorgestellt wurde, allen Neuankömmlingen befahl, sich nackt auszuziehen.

Die Sonne war längst hinter den Bäumen, die sich hinter der Gefängnismauer erhoben und an die Außenwelt erinnerten, untergegangen und die Temperatur war deutlich gesunken. Lotte faltete ihr Uniformkleid ordentlich zusammen und legte es zu ihren Füßen, genauso wie die Aufseherin es verlangt hatte. Als sie nackt war, stellte sie sich aufrecht hin und blickte über die Gefängnismauern hinaus in die Ferne. Sie blickte den ganzen Weg zurück zu Tante Lydias Bauernhof und ihrem gemütlichen, warmen Bett mit der Daunendecke und dem weichen Kissen.

Der Arzt, eine Krankenschwester im Schlepptau, ging die lange Reihe von Frauen entlang und hielt alle paar Meter an, um ein paar Worte zu sagen. Als er Lotte erreichte, blickte er sie kurz an und die Krankenschwester las von ihrer Liste ab. „Deutsch. Siebzehn. Resozialisierung."

„Munitionsfabrik", sagte der Arzt.

Trotz der erniedrigenden Situation gelang es Lotte, den Kopf hochzuhalten. Sie zuckte nicht einmal zusammen, als die Frau neben ihr zu Boden fiel und eine Aufseherin herbeieilte und so lange mit dem Schlagstock auf die Frau einprügelte, bis diese sich mühevoll wiederaufrichtete.

„Untauglich. Block sieben", sagte der Arzt und die Krankenschwester schrieb es pflichtbewusst auf.

Untauglich? Was bedeutet das?, dachte Lotte.

Nach stundenlangem kräftezehrendem Appell wurden die Frauen angewiesen, sich wieder anzuziehen und sich morgens bei ihrem Arbeitskommando zu melden. Gerade als Lotte sich sicher war, dass ihre Knie unter ihr nachgeben würden, war es endlich Zeit für das Abendessen.

Sie hatte nicht erwartet, dass es wie bei Tante Lydia Vollmilch, Käse und Wurst gäbe, aber was sie erhielt, war viel schlimmer, als sie es sich jemals hätte vorstellen können. Fünfzig Gramm Brot und eine wässrige Suppe mit einer halben Kartoffel für jede Frau. Nichts, was auch nur annähernd den Hunger stillen konnte, der an ihren Eingeweiden nagte. Das Einzige, was es in Fülle gab, war stinkendes Wasser zu trinken.

Zurück in ihrer Baracke erfuhr sie, dass Irmhild für das gleiche Arbeitskommando eingeteilt worden war.

„Munitionsfabrik? Ihr Glückspilze", sagte Verena. „Die behandeln uns Gefangene vergleichsweise gut. Und solange ihr arbeitsfähig seid, habt ihr die Chance, die tägliche Selektion zu überleben."

Untauglich, hatte der Arzt gesagt. *Block sieben.* „Was bedeutet Block sieben?", platzte Lotte heraus.

„Das ist der Block für die Frauen, die zu schwach oder krank sind, um zu arbeiten. Von dort ist noch niemand wieder zurückgekommen", antwortete Verena mit harter Stimme.

„Wie lange bist du schon hier?", flüsterte Lotte.

Ein schmerzhafter Ausdruck querte Verenas Gesicht. „Jahrelang. Ich war schon in einigen anderen Lagern, aber dieses hier ist bei weitem das Schlimmste."

Mit Verenas Worten im Ohr kletterte Lotte auf ihr Bett. Dort klammerten sie und Irmhild sich aneinander, bevor sie beide in einen komaähnlichen Schlaf fielen.

KAPITEL 20

Die Wochen vergingen und der Winter kam, begleitet von Schnee und konstantem Wind. Lotte trug immer noch die dünne Gefängnisuniform, die sie mehr schlecht als recht vor den harschen Ostwinden schützte. Wenigstens besaß sie die Turnschuhe, die ihre Schwestern ihr zum Geburtstag geschenkt hatten. Sie erwiesen sich als echter Segen im Arbeitslager, besonders während der endlosen Appelle jeden Morgen und Abend. Lotte bemitleidete die Frauen, die Sandalen trugen oder barfuß gehen mussten, mit um die Füße gewickelten Lumpen als einzigem Schutz vor Kälte und spitzen Steinen.

Wieder einmal stand sie neben Irmhild und nahm all ihre Kraft zusammen, um nicht zu taumeln oder in Ohnmacht zu fallen. Stunde um Stunde stand sie regungslos da, während eisige Böen an ihrem Kleid zerrten. Vor Wochen schon hatte sie aufgehört hinzuschauen, wenn mal wieder eine Frau – meist eine der älteren und schwächeren – zu Boden fiel. Es dauerte nie länger als ein paar Sekunden, bis eine Aufseherin kam und ihre Peitsche auf die bemitleidenswerte Seele herunterknallen ließ.

Aber das Surren, gefolgt von einem Knall, einem Klaps und einem gemurmelten Schrei, schaffte es jedes Mal Lotte zusammenzucken zu lassen. Jede Frau, die zu geschwächt und krank war, um wieder aufzustehen, wurde einfach in der bitteren Kälte auf dem Boden liegen gelassen. Ihre gefrorene Leiche wurde später weggeschafft.

Der Appell war die gefürchtetste Tageszeit, denn dann waren die Gefangenen den Stimmungen der Aufseherinnen sowie den Unwägbarkeiten des Wetters ausgesetzt. Zumindest während der Arbeit in der Munitionsfabrik – beschwerlich und kräftezehrend wie sie war – stand Lotte in der beheizten Fabrikhalle, geschützt vor Wind und Kälte. Und manchmal gab ihr eine der regulären Arbeiterinnen heimlich ein Stückchen Brot oder Käse.

Lotte wusste, dass sie und Irmhild als Deutsche bevorzugt behandelt wurden. Andere Gefangene mussten im Freien arbeiten, Gräben ausheben oder Ziegelsteine schleppen.

Jeden Tag kamen neue Frauen in diesem alptraumhaften Dreckloch an, aber es schien, als ob täglich die gleiche Anzahl von bereits vorhandenen Gefangenen in dieser Kloake der Krankheit und des Hungers umkam. Der bösartige Doktor kam jeden zweiten Tag zum Appell, um die Selektion vorzunehmen. Das konnte eines von zwei Dingen bedeuten: entweder die Selektion für entsetzliche medizinische Experimente oder für die Gaskammer. Nachts konnte Lotte sehen, wie eine rote Stichflamme aus dem Schornstein des Krematoriums schoss, und der penetrante Gestank der verbrannten Leichen durchdrang jeden Zentimeter des Lagers.

Aber die Alternative war schlimmer. Der ehrgeizige Doktor Tretter, ein Mann Mitte dreißig, forschte an einem bahnbrechenden Durchbruch in der Behandlung von Gasbrand, einer tödlichen Infektion von Wunden, sowohl um Hitler zu gefallen als auch für seine Habilitation zum Medizinprofessor an der Universität Berlin. Und dafür benötigte er regelmäßig neue menschliche Versuchskaninchen für seine abscheulichen Experimente.

Normalerweise wählte er Polinnen aus. Diese Frauen trugen den Spitznamen *Króliki,* Kaninchen, und das ganze Lager bedauerte sie für das, was sie durchmachen mussten. Ihre qualvollen Schreie hallten durch das ganze Lager und ließen nicht nur die dünnen Wände der Baracken erzittern, sondern gingen jedem, der sie hörte, durch Mark und Bein.

Lotte hatte oft versucht, das jämmerliche Kreischen auszublenden, indem sie sich die Hände über die Ohren hielt – ohne Erfolg. Nach stundenlangem Schreien wurden die *Króliki* in ihre Baracken zurückgebracht und dort sich selbst überlassen.

Lotte kratzte mit einem Stein einen Strich an die Wand hinter ihrer Koje. Einhundertfünf Kratzer. Einhundertfünf Tage, seit sie und Irmhild hier angekommen waren.

Irmhild zitterte neben ihr und Lotte legte ihre eigene Decke auf die ihrer Freundin. Irmhild hatte Schüttelfrost und gleichzeitig hohes Fieber. Sie war schon vor einigen Tagen krank geworden, hatte es aber noch irgendwie geschafft, ihre Schichten in der Fabrik durchzuarbeiten. Aber auf dem Rückweg ins Lager an diesem Abend hatte Lotte ihre Freundin tragen müssen.

„Fleckfieber", sagte Verena nach einem kurzen Blick. „Ich fürchte, sie wird die Nacht nicht überleben."

Nein. Nein. Irmhild darf nicht sterben!

Irmhild öffnete ihre Augen. „Es tut mir leid."

Lotte wischte Schweißperlen von Irmhilds Stirn. „Was tut dir leid?"

„Dass ich dich verlassen muss. Meine Zeit ist gekommen. Ich kann nicht mehr."

„Nein, sag das nicht. Wir haben so viel durchgemacht – es wird alles gut." Lotte schluckte ihre Tränen hinunter und versuchte, hoffnungsvoll zu klingen.

„I…" Irmhild hörte mitten im Wort auf zu sprechen und hustete.

Lotte wischte Irmhilds Stirn mit einem feuchten Lappen ab und begann, ihrer Freundin von besseren Zeiten zu erzählen. Davon, wie sie noch in Kleindorf gelebt und sich über die Lehrer in der Schule beschwert hatten. Wie Irmhild in einen Jungen verliebt gewesen war. Die Sommerferien. Eis essen am Fluss.

Als ihr nichts mehr einfiel, sah sie auf ihre kranke Freundin herab und stöhnte auf, als Irmhild ihren letzten Atemzug machte.

Ich verspreche, eines Tages werde ich deinen Tod rächen. Ich werde sie bezahlen lassen. Für dich. Für Uwe. Für Rachel und Mindel.

Lotte weinte nicht.

Die Frauen glaubten, wer nachts weinte, würde schon am nächsten Tag sterben. Es war wahr. Sie hatte es oft genug erlebt. In dem Moment, wo eine Frau ihre Tränen nicht mehr zurückhalten konnte, war ihr Lebenswille gebrochen.

Sie umarmte Irmhild ein letztes Mal, bevor sie laut sagte: „Sie ist tot."

Zwei Frauen boten an, Irmhilds Leiche aus der obersten Koje wegzuschaffen, im Austausch für ihre Decke. Als Lotte müde nickte, packten sie ihre tote Freundin unter den Armen und schleppten sie zur Tür. Da es bereits nach der Ausgangssperre war, musste sie dort bis zum Morgen liegen, wenn die

Leichen abgeholt und entweder verbrannt oder in ein Massengrab geworfen wurden.

Lotte fragte sich, wie lange sie noch überleben würde, jetzt, wo sie mutterseelenallein war. Als sie im Lager angekommen war, war sie ein gesundes junges Mädel an der Schwelle zur Frau, mit leuchtend roten Haaren und grünen Augen voller Lebenslust gewesen.

Und jetzt? Jetzt war sie nicht viel mehr als ein wandelndes Skelett, dessen Haut an den Knochen hing wie die Gefängnisuniform von ihren Schultern. Ihr früher so schönes Haar hatte eine graurote Farbe angenommen und die kurzen Stoppeln fielen durch Stress, Erschöpfung und schlechte Ernährung aus.

Das letzte Mal, dass sie geduscht hatte, war am Tag ihrer Ankunft gewesen und ein ständiger Juckreiz erinnerte sie an die Läuse und Krätze, die ihre Haut und Haare befallen hatten.

Trotz ihrer ständigen Erschöpfung konnte sie in dieser Nacht nicht schlafen. Ihr Kopf war voll mit Erinnerungen an diejenigen, die vor ihr gestorben waren. Sie sah Uwes lachendes Gesicht und spürte seine zarten Lippen auf ihren. Sie sah Irmhild begeistert durchs Rathaus tanzen, als sie die Ausweise gefälscht hatten. Sie sah Rachel erleichtert bei der Nachricht, dass das Kloster sie aufnehmen würde. Alle außer Lotte waren inzwischen tot.

Wie lange werde ich noch überleben?

KAPITEL 21

Am nächsten Morgen musste Lotte den Appell ohne Irmhild an ihrer Seite durchstehen. Der fehlende Trost einer freundlichen Seele schnürte ihr die Brust zusammen und ihr war kalt – innerlich wie äußerlich. Es fühlte sich an, als wäre ihr eigener Lebenswille mit Irmhilds Tod ausgelöscht worden.

Weiße Schneeflocken tanzten zu Boden und bedeckten das Lager mit einer weichen Decke. Ein Kinderlied kam ihr in den Sinn.

Schneeflöckchen, Weißröckchen,
wann kommst du geschneit?
Du wohnst in den Wolken,
dein Weg ist so weit.

Komm, setz dich ans Fenster,
du lieblicher Stern,

malst Blumen und Blätter,
wir haben dich gern.

Aber heute begrüßte Lotte die weißen Flocken nicht so wie damals als Kind. Heute bedeutete es, dass ihr Kleid und ihre Schuhe den größten Teil des Tages nass und eisig sein würden. Eine Schneeflocke fiel auf ihre Nase, aber sie wagte es nicht, die Hand zu heben, um sie wegzuwischen. Der Schnee schmolz langsam auf ihrer Haut und ein eisiger Tropfen lief über ihre Haut, bis sie ihn mit der Zunge auffing.

Als Kinder hatten Lotte und ihre Geschwister gespannt auf den ersten Schnee des Jahres gewartet. Sie waren zum Spielen hinausgeeilt, hatten sich gegenseitig mit Schneebällen beworfen und einen Schneemann gebaut. Nach stundenlangem Toben waren sie erschöpft in die warme Küche zurückgekehrt zu heißer Schokolade und Mutters Weihnachtsplätzchen.

Wie sehr sie ihre Schwestern vermisste. Sie hatte Ursula und Anna seit fast einem Jahr nicht mehr gesehen. *Sie wissen wahrscheinlich nicht einmal, wo ich bin.* Sie war wirklich mutterseelenallein in dieser Hölle auf Erden.

Lotte zitterte. Ihre Arme waren so kalt, dass sie kein Gefühl mehr in ihnen hatte, aber der Appell dauerte und dauerte. Sie sollten bereits auf dem Weg zur Arbeit sein. Lotte wäre vor Verzweiflung beinahe zu Boden gestürzt. Wenn sie zu spät kamen, bedeute das, dass sie kein Mittagessen bekamen und am Abend Überstunden machen mussten.

Sie hasste die zermürbende Arbeit in der Fabrik. Jeden Tag kam sie mit roten und brennenden Augen ins Lager zurück, nachdem sie viele Stunden durch eine Lupe geschaut und winzige Teile gelötet hatte, um daraus Waffen herzustellen, mit denen die Nazis Menschen töten konnten.

Aber an Tagen wie diesem war alles besser, als auch nur eine Sekunde länger Appell zu stehen. Zumindest hatte die Fabrik ein Dach und war warm. Im Sommer verwandelte die Fabrikhalle sich wahrscheinlich in eine schwelende Hölle – falls Lotte lange genug lebte, um es herauszufinden.

Ihre Gedanken verweilten immer noch in der Fabrik, als sie stampfende Schritte hörte und erkannte, wer ankam.

Gott, nein! Nicht Doktor Tretter, bitte! Nun würde der Appell mindestens noch eine Stunde dauern. Der abscheuliche Arzt ging in seinen glänzenden Stiefeln, seinem dicken Wollmantel, seiner Pelzmütze und seinen schwarzen Lederhandschuhen die Reihe entlang. Sie würde alles geben, um nur ein einziges seiner warmen Kleidungsstücke zu besitzen.

Der Arzt hielt ab und zu an, um eine Frau zu selektieren, die zu krank schien, um zu arbeiten. Sie würden später zum Erschießungsgang gebracht werden. Nachdem sie erschossen wurden, erklärte der Arzt sie für tot und unterschrieb den Totenschein. Auch im Konzentrationslager musste alles ordentlich aufgeschrieben und auf endlosen Listen eingetragen werden. Dann erst ging der Zahnarzt an die Arbeit, um die Goldzähne herauszubrechen.

Bei dem Gedanken presste Lotte ihren Kiefer zusammen. *Verdammte Bastarde, zumindest werdet ihr in meinem Mund kein Gold finden*. Aber auch ohne Goldzähne würden die Nazis von ihrer Leiche profitieren. Knochen wurden zu Seife verarbeitet, Haare zu Wolle gesponnen und die Asche wurde als Dünger auf den Feldern ausgebracht.

Der Doktor und eine Krankenschwester näherten sich Lottes Reihe. Die Krankenschwester trug die übliche Uniform der Lagerkrankenschwestern, darüber einen schweren Wollmantel, Pelzmütze und Lederhandschuhe, ähnlich wie die des Arztes. Lotte konnte ihr Gesicht nicht sehen, aber ihre Haltung hatte etwas Vertrautes.

Als sich die beiden näherten, blickte Lotte starr geradeaus, richtete sich zu ihrer vollen Größe auf und biss sich fest auf Lippe und Innenseite ihrer Wange, um das Blut in ihr Gesicht fließen zu lassen. Es war ein Trick, den sie von Verena gelernt hatte, um der Selektion zu entkommen. Ein blasses Gesicht konnte den Tod bedeuten. Eine weitere Sache, die Verena ihr eingeschärft hatte, war, niemals Augenkontakt aufzunehmen. Niemals.

Der Doktor hielt vor ihr an und sie wusste, dass er sie prüfend anschaute und nach Anzeichen von Schwäche suchte. Lotte beschwor die mageren Reste innerer Kraft, die sie noch besaß, und trotzte jeder Widrigkeit – den eisigen Böen, dem Schnee, ihrer Müdigkeit und ihrer Angst. Sie stand reglos wie eine Statue und ihre Augen bohrten sich in die Brust des Arztes, bis er zur nächsten Frau ging und etwas sagte.

„Ja, Herr Doktor", sagte die Krankenschwester und Lottes Kopf fuhr herum.

Anna!

Lotte starrte direkt in die schönen blauen Augen ihrer Schwester. Lange Monate, in denen sie für jedes kleinste Vergehen grausam bestraft worden war, verschlossen ihren Mund und hielten ihre Gliedmaßen still, obwohl sie am liebsten laut aufgeschrien und ihre Hände um den Hals ihrer Schwester gelegt und zugedrückt hätte.

Nein, erwürgen ist zu wenig schmerzhaft.

Annas Gesicht zeigte keine Spur von Wiedererkennen. Sie sah Lotte an, als wäre sie nur eine weitere Gefangene. Eine weitere unglückliche Seele, entmenschlicht, ausgebeutet und auf jede erdenkliche Weise gefoltert.

Ich bin so ein erbärmliches Wesen, dass meine eigene Schwester mich nicht erkennt. Für eine Sekunde begann sich eine Träne in ihrem Auge zu bilden, aber Lotte wehrte sich hartnäckig. Sie hatte Schlimmeres durchgemacht. Sie würde nicht um ihre verräterische Schwester weinen und riskieren, am nächsten Tag zu sterben.

Aus dem Augenwinkel bemerkte sie, wie Anna etwas zum Arzt sagte und er daraufhin nickte.

Anna drehte sich um und sagte laut: „Doktor Tretter braucht eine Freiwillige für seine medizinischen Experimente."

Lotte zitterte und zwang sich, nicht der bitteren Kälte nachzugeben und zu Boden zu fallen. *Wie konnte Anna so tief sinken, den Nazis bei dieser abscheulichsten Sache zu helfen?*

Niemand bewegte sich und auf dem Appellplatz wurde es so still, dass man den Schnee fallen hörte. Tap. Tap. Tap. Lotte krümmte sich vor Angst und ihre Fähigkeit, aufrecht zu stehen, hing an einem seidenen Faden. Eine Frau hinter ihr fiel in den Schnee und kurz darauf hörte Lotte die Peitsche in der Luft knacken. Dann ein Schrei. Dann nichts mehr.

Inzwischen hatte Anna zwei weitere Schritte gemacht, stand direkt vor Lotte und sah ihr geradewegs in die Augen. „Du. Nummer 589452. Willst du dich nicht freiwillig melden? Für eine Chance zu leben?"

Lotte nickte automatisch, während die Luft ihre Lungen verließ. Ihre eigene Schwester hatte sie gerade zu einem Schicksal verurteilt, das schlimmer war als das ewige Fegefeuer. „Ja."

Alle um sie herum schienen vor Erleichterung aufzuatmen, dass sie nicht ausgewählt worden waren.

„Folge mir", befahl Anna und ging weg.

Lotte gehorchte und folgte ihrer Schwester in die Krankenstation, während sie sich innerlich auf das Schlimmste gefasst machte.

KAPITEL 22

Lotte bebte vor Wut, als sie Anna hinterhereilte, die Fäuste geballt und den Blick auf ihre Schuhe gerichtet … die gleichen Turnschuhe, die sie von der Verräterin vor sich zum Geburtstag geschenkt bekommen hatte. Plötzlich juckten ihre Füße, als wären sie mit Gift bedeckt.

„An—", Lotte öffnete ihren Mund, um ihrer Schwester den ganzen Hass entgegenzuschleudern, der sich in den letzten Monaten in ihr aufgestaut hatte, als Anna ihr bedeutete, sich auf die Liege im Untersuchungsraum zu setzen. Aber ihre Schwester schüttelte energisch den Kopf und legte einen Finger über ihre Lippen.

Was zum Teufel macht sie da? Lotte presste ihre Lippen zusammen und sah Anna mit vor Wut lodernden Augen an.

„Kein Wort, Lotte", flüsterte Anna mit einem warnenden Blick, den Lotte nur allzu gut kannte. Wenn Anna *diesen* Blick hatte, war nicht mit ihr zu spaßen.

Also hat sie mich doch erkannt. Aber warum ist sie hier? Und warum hat sie mich ausgewählt? Weiß sie nicht, dass jede Frau im Lager lieber tot als ein Króliki wäre?

Während Anna auf der anderen Seite des Raumes beschäftigt war, seufzte Lotte und schluckte ihre Fragen herunter. Kurz darauf kam Anna mit einer aufgezogenen Spritze in der Hand zu ihr herüber. Lottes Augen weiteten sich vor Entsetzen. In ihrem früheren Leben außerhalb des Lagers hatte sie im Gegensatz zu ihrer Schwester Ursula keine Angst vor Spritzen gehabt, aber jetzt krümmte sie sich vor Furcht. Sie hatte keine Ahnung, wer diese Anna-Person war. War sie hier, um ihr mit einer tödlichen Injektion einen Gnadentod zu geben?

Anna packte Lottes Arm, wischte ihn mit Alkohol ab und drückte die Spritze dann in ihren Muskel. Ein brennendes Gefühl breitete sich über ihren Arm aus.

„Das sind Fleckfieberbakterien. Gib vor, krank zu sein. Hast du verstanden?", flüsterte Anna.

Was? Habe ich das verstanden? Nein, habe ich nicht. Du hast mich gerade zum Tode verurteilt.

Lotte sah Anna mit Unverständnis an. Fleckfieber war es, das Irmhild in der Nacht zuvor das Leben genommen hatte, und sobald sie selbst krank wurde, konnte sie nicht mehr arbeiten. Die Nazis hatten keine Verwendung für arbeitsunfähige Häftlinge.

Sie ballte ihre Hände zu Fäusten, die abgerissenen Nägel gruben sich tief in ihre Handflächen, während sie darum kämpfte, keinen Mucks von sich zu geben. Anna steckte die Spritze weg und ging dann auf die offene Tür zu. Sie sah in Lottes Augen und flüsterte: „Vertrau mir".

Dir vertrauen?

Noch bevor Lotte eine Antwort einfiel, befahl Anna laut: „Zurück an die Arbeit, Gefangene."

Die Aufseherin wartete draußen, um sie zurück zu ihrem Arbeitskommando zu bringen. Die waren zwar besorgt, aber verständlicherweise auch wütend, denn wegen Lottes Verspätung mussten sie nun alle auf das Mittagessen verzichten und Überstunden machen. Nicht, dass das Mittagessen ein Grund zur Freude gewesen wäre.

Lieber Gott, ich hoffe, Anna hat einen guten Grund, hier zu sein.

Vertrau mir. Diese Worte hallten den Rest des Tages in ihrem Kopf wider. Sie musste eine Entscheidung treffen. Ihrer Schwester vertrauen. Oder nicht. Egal wie ihre Entscheidung ausfiel, viel zu verlieren hatte sie nicht.

Auf der Arbeit war das Reden strengstens verboten, aber nachts in der Baracke überfielen die anderen Frauen sie mit ihren Fragen.

„Was ist passiert?"

„Was hat er mit dir gemacht?"

„Tut es weh?"

„Ich weiß nicht." Lotte wünschte sich, sie könnte wahrheitsgemäß antworten, aber selbst wenn das möglich gewesen wäre, war sie sich selbst nicht sicher, was genau passiert war.

„Was meinst du damit, du weißt es nicht? Haben sie dich vorher k.o. geschlagen?"

Lotte schüttelte den Kopf. „Nein. Sie haben mir etwas injiziert."

„Was?"

„Das haben sie mir nicht gesagt. Es hat gebrannt." *Es sind Fleckfieberbakterien. Gib vor, krank zu sein,* kamen ihr Annas Worte in Erinnerung. Sie sah die Frauen an und eine sehr echte Angst bemächtigte sich ihrer. „Ich weiß nicht, was es war, aber ich fühle mich schwach. Als würde ich von innen heraus verbrennen."

Der Teil war wahr.

KAPITEL 23

Das Abendessen war eine noch düsterere Angelegenheit als sonst. Zu sehen, wie sich zombieartige Kreaturen zum Suppentopf vor der Küche schleppten, war Normalität geworden, aber heute hatten viele der Frauen fiebrig glänzende Augen und ungewöhnlich leuchtend rote Wangen.

Lotte nahm eine Scheibe Brot und ein Schüsselchen Gemüsesuppe in Empfang. In der Angst, dass die Aufseherin ihr das Essen wegnehmen würde, wenn sie trödelte, schlang sie die lauwarme Brühe hinunter und fühlte sich wie eine Lottogewinnerin, als sie ein daumengroßes Stück Kartoffel am Boden fand.

Nach dieser Mahlzeit, die nicht einmal ausreichte, um die nagenden Schmerzen in ihrem Magen zu lindern, schleppte sich Lotte mit allen anderen zum abendlichen Appell. Bald war ihr alles egal. Die bittere Kälte hatte ihren Körper gefühllos gemacht und ihre einzige Sorge war, umzufallen, sollte sie während des Appellstehens einschlafen.

Sie wusste, dass sie, einmal am Boden, nie wieder aufstehen würde, egal wie sehr die Aufseherinnen sie prügelten, anschrien oder traten. Die Oberaufseherin rief Nummer für Nummer auf und wartete auf die Antwort der Gefangenen, als sie plötzlich eine Pause machte und Doktor Tretter erschien.

Der schon wieder? Hat er nicht genug Leid für einen Tag verursacht?

„Alle Gefangenen melden sich vor der Krankenstation", schrie die Oberaufseherin. „In einer Reihe. Kein Gerede."

Alarmschreie erfüllten die Luft, wurden aber von den Wachen schnell unterdrückt. Lotte krümmte sich, als Annas Worte in ihren Ohren hallten. *Vertrau mir.* Hatte diese Aktion etwas mit der Fleckfieberspritze zu tun, die sie ihr injiziert hatte?

Nach stundenlangem Schlange Stehen und der Entnahme von Blutproben durften die Frauen endlich in ihre Baracken und fielen in einen erschöpften Schlaf.

Am nächsten Morgen wurde während des Appells Lottes Nummer zusammen mit vielen, vielen anderen ausgerufen. Sie wurden vom Rest der Gefangenen getrennt und in den überfüllten Quarantäneblock getrieben. Block sieben. Die Baracke, aus der niemand je zurückgekehrt war.

Lotte hatte ihren Block für grauenvoll gehalten, aber dieser musste eine Ausgeburt der Hölle sein. Der Gestank von Krankheit und Tod brannte in ihrer Nase. Die meisten der kranken Frauen hatten Durchfall und waren bereits zu schwach, um aus den Betten aufzustehen, die sie mit fünf anderen Frauen teilten.

Gerüchte besagten, dass jeder, der mit der gefürchteten Krankheit infiziert war, hierhergebracht wurde. Die Chancen, unter diesen Bedingungen wieder gesund zu werden, waren gleich Null.

Mein Gott, Anna, ich hoffe, du hast einen Plan.

Es konnte doch nicht Annas Wille sein, ihre Schwester im Quarantäneblock elendiglich zugrunde gehen zu lassen. Oder etwa doch? Ihr benebelter Verstand kreiste endlos um Anna, das Lager, die Fleckfieberepidemie und ihren bevorstehenden Tod. Mit letzter Anstrengung kletterte sie auf eines der oberen Etagenbetten und beschloss, Anna ihr Leben und ihre Zukunft anzuvertrauen. Wenn Anna dies hier für eine gute Idee hielt, dann würde Lotte es ebenfalls tun.

Bald fiel sie in einen erschöpften, von Alpträumen geplagten Schlaf. Mehrmals wachte sie auf und blinzelte in das helle Licht, das durch die Fensterläden hereinströmte. *Meine Güte! Ich komme zu spät zur Arbeit!* Sie kletterte über Körper – schlafend oder tot – und hinunter zum Ausgang der Baracke, bevor sie sich daran erinnerte, dass sie heute nicht arbeiten musste.

Den Tag über erlagen immer mehr Frauen der Krankheit und die Luft wurde immer dicker mit dem fauligen Gestank von verrottendem Fleisch. Lotte würgte, aber ihr Magen war schon so lange leer, dass nicht einmal Galle hochkam.

Häftlinge vom Begräbniskommando wurden hineingeschickt, um die Leichen herauszuschleppen und in das Massengrab außerhalb des Stacheldrahtzauns zu werfen. Sie waren bis tief in die Nacht hinein mit ihrer makabren Arbeit beschäftigt. Normalerweise wurden die Leichen eingeäschert, aber die Nazis hatten Angst, dass sich die Krankheit durch die Asche ausbreiten konnte, die als Dünger auf den Feldern verwendet wurde, und warfen Fleckfieberopfer deshalb außerhalb der Gefängnismauer in eine Grube.

Das Küchenkommando brachte Eimer mit Wasser. Abendessenszeit. Lotte kletterte mit letzter Kraft von ihrem Stockbett hinunter, um die stinkende Flüssigkeit zu trinken, und setzte sich dann auf den Boden, um auf das Essen zu warten. Aber nichts geschah. Endlich hörte sie müde schlurfende Schritte. *Das Küchenkommando. Endlich.*

„Warum sollten wir das wertvolle Essen an die Kranken

verschwenden? Alle von denen werden morgen sowieso tot sein", sagte eine Stimme.

„Da hast du recht", antwortete eine andere Stimme, „lass uns die Suppe in unsere Baracke bringen. Wir brauchen sie dringender."

Lotte gab ein erbärmliches Geheul von sich, aber es blieb unbemerkt inmitten des Stöhnens und Jammerns der sterbenden Frauen. Sie lehnte sich an die Wand und musste eingenickt sein, denn das schrille Geräusch der abendlichen Appellsirene weckte sie auf.

Aus reiner Gewohnheit stolperte Lotte auf die Beine und eilte los, um ihren zugewiesenen Platz auf dem Appellplatz einzunehmen. Aber sie fand die Eingangstür zur Baracke verschlossen.

„Lasst mich raus oder ich komme zu spät", schrie sie und rüttelte an der Tür, bis eine heisere Stimme sagte: „Kein Appell mehr für uns. Nicht in diesem Leben."

Lottes Kopf fuhr herum und sie sah in die blutunterlaufenen Augen einer kahlgeschorenen Frau mit grünlichgelber Haut. „Was soll das heißen?"

„Es ist vorbei. Wir sind so gut wie tot."

Lotte mühte sich ab, in ihr Bett zurückzukehren, schloss dann die Augen und fragte sich, ob Annas Plan so eine gute Idee gewesen war. Es war nur eine Frage der Zeit, bis die Nazis herausfanden, dass sie kein Fleckfieber hatte, und dann würden sowohl sie als auch Anna in ernsten Schwierigkeiten stecken.

KAPITEL 24

Lotte zitterte vor Kälte, als um vier Uhr morgens der Weckalarm durch das Lager hallte. Sie sprang auf, fiel aber wieder auf ihre Matratze zurück, als sie sich daran erinnerte, dass sie weder zum Appell noch zur Arbeit gehen musste. Sie hoffte, dass es zumindest etwas zu essen geben würde.

Etwa eine halbe Stunde später öffneten sich die Türen und signalisierten die Ankunft der Küchenbrigade mit dem Frühstück. Lotte kletterte schwach vor Hunger und Kälte aus dem Stockbett und stellte sich in die Schlange mit den anderen Frauen, welche die Nacht überlebt hatten.

Als sie an der Reihe war, schaute sie auf und sah ein paar Schritte hinter der Küchenhelferin, die die mageren Rationen verteilte, eine Aufseherin und eine Krankenschwester stehen. *Anna.* Aufregung brachte Leben zurück in Lottes ausgemergelten Körper, aber sie wagte es nicht, ihre Schwester anzusehen, die pflichtbewusst auf einem Klemmbrett notierte, welche der Gefangenen die Nacht überlebt hatten.

Anna hatte nicht viel zu schreiben.

Lotte nahm ihren Becher Suppe und ging beiseite, um den Inhalt gierig hinunterzuschlingen. Es schmeckte noch ranziger als sonst. Ihre Hände klammerten sich um den Becher, in der Hoffnung, etwas Wärme in ihre steifgefrorenen Finger zu bekommen, aber die lauwarme Suppe gab wenig her.

„Du. Komm her", bellte die Aufseherin und zeigte auf Lotte. Die anderen Frauen machten einen ängstlichen Schritt rückwärts. Lotte ging auf die angeekelt zurückweichende Aufseherin zu und blieb dann stehen, unsicher, was von ihr erwartet wurde.

Anna trat vor, musterte sie kurz und befahl dann der Aufseherin: „Bring die hier in die Krankenstation." Dann drehte sie sich kurzerhand um und ging weg, während die Aufseherin Lotte mit ihrem Schlagstock vor sich her zur Krankenstation trieb.

Kaum angekommen, schlug die Aufseherin mit ihrem Schlagstock kräftig auf Lottes Rücken, so dass Lotte mit dem Gesicht zuerst über die Schwelle in den Untersuchungsraum fiel.

„Danke, das wäre alles im Augenblick", sagte Anna und schloss die Tür.

Lotte richtete sich mühsam wieder auf, blieb mitten im Raum stehen und wartete. Als Anna sich ihr zuwandte, flüsterte sie mit einem traurigen Lächeln auf ihrem Gesicht: „Lotte, Kleines. Ich verspreche, dich hier rauszuholen."

„Wie? Wieso bist du hier?"

„Um deinen Hintern zu retten. Dafür sind doch Schwestern da, oder?"

Lotte traute ihren Ohren nicht. War sie bereits im Delirium und bildete sich diese Unterhaltung nur ein? „Aber … wieso arbeitest du hier? Anna … all die schrecklichen Dinge, die hier passieren …"

Anna presste die Lippen zusammen und nickte. „Ich weiß.

In meinem alten Krankenhaus habe ich mich mit einer Kollegin angefreundet. Elisabeth war hier in Ravensbrück, aber sie hatte um eine Versetzung gebeten, weil sie die Grausamkeiten nicht mehr ertragen konnte. Da sie noch auf der Suche nach Elisabeths Ersatz waren, bekam ich durch ihre Vermittlung ihren alten Job. Ursula und ich haben einen Plan ausgeheckt, um dich hier rauszuholen. Die Fleckfieberepidemie war die Gelegenheit, auf die ich gewartet habe. Diese Krankheit versetzt die Nazis in Angst und Schrecken, weil sie sich rasend schnell ausbreitet und es kein bekanntes Heilmittel gibt. Aus Angst vor Ansteckung werden die erkrankten Gefangenen unter Quarantäne gestellt und nicht exterminiert."

„Ich verstehe nicht", murmelte Lotte. Ihr Gehirn war so mangelernährt, dass es die Bedeutung von Annas Worten nicht erfassen konnte.

„Da du bereits in Quarantäne bist, brauche ich nur noch die Unterschrift von Doktor Tretter auf deinem Totenschein. Dann wirst du mit den anderen Leichen in die Grube draußen vor dem Lager geworfen."

„Ins Massengrab?" Lotte wurde totenblass.

Anna legte eine Hand auf Lottes Arm und Lotte spürte, wie die Kraft ihrer Schwester zu ihr hinüberfloss.

„Du bist verrückt, weißt du?" Lotte versuchte zu lächeln, aber ihre Gesichtsmuskulatur verweigerte den ungewohnten Ausdruck.

„Es tut mir leid, Süße, aber der einzige Weg aus diesem Lager ist mit den Füßen zuerst", sagte Anna.

Der Gedanke ließ Lottes Knie schlottern und sie fragte sich, ob sie das Ganze durchziehen konnte, ohne panisch loszukreischen. Aber welche Alternative hatte sie? Sie atmete tief durch und nickte dann. „Ich werde es tun. Ich will hier nicht sterben."

„Ich will auch nicht, dass du hier stirbst. Es wird funktionieren. Ich verspreche es.“ Anna lächelte liebevoll und umarmte sie.

Mit all der Energie, die noch in ihr war, erwiderte Lotte die Umarmung.

„Ich wusste es“, sagte eine Männerstimme.

Anna und Lotte ließen einander entsetzt los und schauten zur Tür, wo der Arzt stand und sie anknurrte.

KAPITEL 25

„Doktor Tretter, es ist nicht das, wonach es aussieht“, sagte Anna erklärend.

„Halt die Klappe. Es ist genau das, wonach es aussieht. Ich bin nicht so dumm, wie du denkst. Die Art und Weise, wie du gerade diese Gefangene zufällig ausgewählt hast, war mehr als nur ein wenig verdächtig, und ich habe eigene Recherchen angestellt. Sie ist deine Schwester.“

Anna wurde blass und Lottes Knie schlotterten.

Er knallte die Tür hinter sich zu und ging auf sie zu, dabei rieb er sich die Hände, ganz so, als ob er das, was er vorhatte, bereits genießen würde. Lotte hatte das bösartige Flackern in seinen Augen schon oft gesehen und es verhieß schrecklichste Qualen für diejenige, die selektiert wurde.

Das perverse Monster machte einen weiteren Schritt auf Lotte zu, aber nicht nah genug, um tatsächlich nach ihr greifen zu können. Nachdem er Lottes schmutzige Gefängnisuniform, ihre abgemagerte Gestalt und ihre schlaffen gräulichen Haarstoppeln begutachtete hatte, feixte er: „Vor einiger Zeit waren bestimmt alle Jungs hinter dir her und wollten es mit dir treiben, aber Ravensbrück hat die Angewohnheit, Frauen hässlich und abstoßend werden zu lassen. Wertlos."

Anna keuchte auf, aber er schoss ihr einen Blick zu und sie biss sich auf die Lippen. Dann ging er um den Schreibtisch herum, so dass Anna zurückweichen musste, um ihm Platz zu machen. Aus sicherer Entfernung setzte er seine Einschätzung Lottes fort. „Du wurdest positiv auf Fleckfieber getestet, also bin ich sicher, dass du nicht mehr lange unter uns weilen wirst. Schade eigentlich."

Er lehnte sich vor, schnüffelte und streckte sich dann wieder. „Gott, du stinkst ja schon wie eine Leiche. Du läuseverseuchtes, dreckiges Stück Abschaum."

Dann richtete er seine Aufmerksamkeit auf Anna. Lotte folgte seinem Blick und sie sah nicht ihre Schwester, sondern eine hübsche junge Frau, die gerade einundzwanzig Jahre alt geworden war, mit glänzendem blondem Haar, vollen roten Lippen und einem makellosen Teint. Sie hatte überall dort weibliche Kurven, wo Lotte nur vorstehende Knochen hatte, die mit faltiger Haut bedeckt waren.

„Auf dich hingegen, Schwester Anna, habe ich seit deiner Ankunft ein Auge geworfen. Jung. Frisch. Genug Fleisch an den Knochen, damit ein Mann etwas in der Hand hat. Und ich wette, du bist noch Jungfrau. Genau die Art von Bezahlung, die dieser Arzt für sein Schweigen verlangt." Er verfolgte Anna durch den Raum und Lotte beobachtete, wie ihre Schwester rückwärts auswich und ihre Hände hob, um den Doktor abzuwehren. Er lachte, zog seinen Mantel aus, warf ihn auf den Medikamentenschrank und rollte dann die Ärmel hoch.

Lotte stöhnte auf und wollte ihrer Schwester zu Hilfe kommen, aber Anna schüttelte den Kopf. „Nicht!"

„Wenn du nicht willst, dass ich die Wachen rufe und euch beide an Ort und Stelle erschießen lasse, hörst du besser auf deine Schwester", lachte er schmutzig.

„Doktor Tretter, bitte, lassen Sie meine Schwester gehen“, bettelte Anna.

Seine Augen wanderten über ihren Körper und verweilten auf ihren Brüsten. „Vielleicht … vielleicht … aber es wird einen Preis dafür geben.“

„Alles, was Sie wollen“, antwortete Anna durch zusammengebissene Zähne.

„Ich sehe, wir verstehen uns.“ Er leckte sich die Lippen. „Ich werde dafür sorgen, dass du auch Spaß dabei hast.“

„Anna, bitte tu das nicht. Nicht für mich“, flehte Lotte sie an.

„Ich muss. Ich habe es Mutter versprochen“, antwortete Anna mit versteinerter Miene. „Vertrau mir.“

Schon wieder diese Worte! Eine schreckliche Wut übermannte Lotte und sie wünschte, sie könnte etwas tun. Irgend etwas. Aber sie war machtlos.

„Wenn ich Ihnen erlaube …“ Annas Stimme brach, als der schreckliche Mann die Hand ausstreckte und über ihren Oberkörper gleiten ließ.“

„Oh, täusche dich da nicht. Natürlich wird du es mir erlauben.“

Lotte konnte sehen, wie viel Mühe es ihre Schwester kostete, stillzustehen und nicht in Tränen auszubrechen. Sie konnte das entsetzliche Schauspiel nicht mehr ertragen und schloss die Augen.

„Wenn ich tue, was Sie wollen, unterschreiben Sie dann den Totenschein meiner Schwester und lassen sie gehen?“, verhandelte Anna mit dem perversen Mann.

„Was interessiert es mich, ob ich den heute oder morgen unterschreibe? Sie hat Fleckfieber und wird sowieso sterben.“ Lotte öffnete die Augen einen Spalt breit und sah, wie er sich die Hose aufknöpfte. „Aber da du so sehr an diesem Stück

Dreck hängst, biete ich dir einen Handel an, um dir meinen guten Willen zu zeigen."

Welchen guten Willen, du verdammtes Dreckschwein?, dachte Lotte, sprach es aber nicht aus. Stattdessen kroch sie rückwärts in Richtung Wand, wo sie mit fest geschlossenen Augen sitzen blieb.

„Wenn du meine willige Geliebte wirst, Schwester Anna, unterschreibe ich den Totenschein. Wenn nicht, nehme ich mir trotzdem, wonach mir gelüstet, und danach lasse ich euch beide erschießen. Wie willst du es haben?"

Große, fette Tränen rollten Lotte über die Wangen, als sie stumm den Kopf schüttelte, aber Anna stimmte bereits zu. „Gut. Ich werde ihre Geliebte."

„Braves Mädchen." Der Arzt grunzte zufrieden, ein Ton, der Lotte die Haare zu Berge stehen ließ. „Du und ich werden viel Spaß miteinander haben. Jetzt zieh dich aus und schau mir dabei in die Augen."

Lotte hielt die Hände über die Ohren und vergrub ihren Kopf zwischen ihren knöchernen Knien, um jedes weitere Geräusch auszublenden. Einmal begonnen, zwängten sich ihre Tränen durch den immer größer werdenden Riss im Damm ihrer Selbstbeherrschung und sie heulte über jede einzelne Ungerechtigkeit, die sie in den letzten Monaten erlebt oder gesehen hatte. Sie war sich nicht sicher, wie lange sie so dagesessen hatte, als Annas Stimme ihre Aufmerksamkeit erregte.

„Die Sterbeurkunde?"

„Da du so schön kooperiert hast, ist es mir ein Vergnügen." Der Klang einer kratzenden Feder ermutigte Lotte, ihre Augen wieder zu öffnen. Doktor Tretter war über den Schreibtisch gebeugt und schrieb etwas. „Hier." Er wedelte das Stück Papier in der Luft.

Wie passend. Die Frauen hatten recht. Wer heute weint, wird morgen sterben. Außer, dass ich bereits tot bin.

Anna zuckte nicht, als der Arzt auf sie zukam. Sie hielt ihren Kopf hoch und ihre Schultern gerade und starrte ihn mit hasserfüllten Augen an. Lotte beneidete ihre Schwester um diese mentale Stärke. *Ich war auch mal so. Bevor ich in diese Hölle auf Erden gebracht wurde.*

„Wir sehen uns bald wieder“, sagte Doktor Tretter zu Anna und gab ihr einen letzten Klaps auf den Hintern, bevor er endlich ging.

„Anna, bist du verletzt?“ Lotte richtete sich auf und weinte um das Opfer, das ihre Schwester gebracht hatte.

„Mir geht es gut“, antwortete Anna und strich mit den Händen ihre Schwesternuniform glatt. Sie verzog keine Miene, aber Lotte kannte sie gut genug, um die Wahrheit in ihren Augen zu lesen. Trostsuchend umarmten sie sich fest und lange, bis Anna schließlich sagte: „Es ist Zeit.“

„Zeit wofür?“

„Diesen Ort zu verlassen.“

Die Stille wurde nur durch das wahnsinnige Klopfen von Lottes Herz zerrissen, als Anna ihre kleine Schwester zu dem Wagen führte, mit dem die Leichen weggebracht wurden. „Und jetzt?“

Anna legte ihre Hände auf Lottes Schultern. „Ich fürchte, du musst dich zuerst ausziehen. Bleib ganz still liegen. Ich werde dich mit einer Decke bedecken, um es ein wenig erträglicher zu machen, aber du musst dich totstellen, bis die Kirchenglocken Mitternacht läuten. Dann kletterst du aus der Grube und fliehst über die vom Lager abgewandte Seite. Ursula wird dort auf dich warten.“

Lotte starrte auf den Leichenwagen, während sie das verabscheute blau-weiß gestreifte Kleid auszog. Dann sah sie zu ihren Füßen hinunter.

„Die Turnschuhe, die ihr mir zum Geburtstag geschenkt habt, haben mir gute Dienste geleistet.“

Anna blickte auf und eine einzige Träne rollte ihre Wange hinab. „Ich wünschte, du könntest sie behalten, aber du kennst die Regeln. Ursula wird auf der anderen Seite Kleidung und Schuhe für dich haben."

Wieder füllten sich Lottes Augen mit Tränen und sie umarmte ihre Schwester ein letztes Mal, bevor sie auf den Wagen stieg. „Vielen Dank, Anna. Ich hätte mir keine besseren Schwestern wünschen können."

KAPITEL 26

Lotte verlor jedes Gefühl für die Zeit, während sie darauf wartete, dass der Handkarren abgeholt wurde. Er polterte und klapperte über den unebenen Boden, hielt ab und zu an, wobei mehr und mehr Leichen aufgeladen wurden, bis sie glaubte, zerquetscht zu werden. Sie presste die Zähne zusammen und grub die Nägel tief in ihre Handflächen, um keinen Mucks zu machen, als sie endlich in die Grube geworfen wurde.

Sie hörte, wie die Gefangenen des Sonderkommandos ein paar Scherze über die Erlösung ihrer Mitgefangenen machten, und dann, dass der Handkarren wieder ins Lager gezogen wurde. Lotte lag stocksteif da, ein Leichnam quer über ihren Beinen, ein weiterer auf ihrem Rücken ausgebreitet. Irgendwie hatte sie es geschafft, sich umzudrehen, als sie mitsamt den anderen vom Wagen gekippt worden war, und war auf dem Bauch gelandet, die Arme schützend vor Mund und Nase gelegt. Die Luft stank erbärmlich und sie kämpfte gegen den Reflex zu Würgen, denn ihr Überleben hing davon ab, sich tot zu stellen.

Sie fürchtete, dass sie im Laufe der endlosen Stunden umgeben von Leichnamen verrückt werden würde, aber sie lag vollkommen still, bis sie gefahrlos aus dem Massengrab kriechen konnte. Nach elf Uhr, wenn auch die letzten Gefangenen von ihren Arbeitskommandos zurückgekehrt waren, patrouillierten die Wachen nicht mehr außerhalb des Lagers. Das war der Grund, warum Anna arrangiert hatte, dass sie um Mitternacht aus der Grube fliehen sollte. Wie ein Gespenst, das in der Geisterstunde von den Toten aufersteht.

Lotte lachte trocken und zählte die Glockenschläge der Kirchenglocke. Ein kurzer Ton für jede Viertelstunde. Ein längerer für jede Stunde. Eins, zwei, drei … neun, zehn. Noch zwei Stunden, bis es losging.

Sie lag zwischen den Toten und fühlte sich, als ob sie bereits dazugehörte, so schwach und krank war sie. Aber die Hoffnung, Ursula und Mutter wiederzusehen, gab ihr eine innere Stärke, von der sie nicht geahnt hatte, dass sie sie immer noch besaß. Lotte schloss die Augen und beschwor Bilder von ihrer Mutter und ihren Geschwistern herauf. Das würde sie wachhalten, denn wenn sie einschlief, verpasste sie Mitternacht – und den Beginn ihres zweiten Lebens.

Elf.

Zwölf.

Es war soweit.

Lotte sammelte ihr letztes Quäntchen Kraft und kroch, schob, zog und kletterte. Sobald sie oben auf dem Leichenberg angekommen war, blickte sie auf eine hohe Erdwand. Sie erinnerte sich, wie sie auf Tante Lydias Hof mit ihren Vettern Jörg und Helmut um die Wette die Bäume hochgeklettert war.

Ich kann das schaffen. Ich kann es. Ich muss.

Sie bat um Vergebung, bevor sie die Leichen, die am nächsten bei der Erdwand lagen, als Kletterhilfe benutzte, hochsprang, ihre nackten Zehen in die harte Erde grub und sich mit den Fingern an Wurzeln festkrallte, um aus der Grube herauszuklettern.

Als sie es endlich geschafft hatte, bluteten ihre Finger und sie brach auf dem hartgefrorenen Boden zusammen, aber nur für eine Sekunde.

Anna hatte ihr eingeschärft: „Du hast fünfzehn Minuten, höchstens zwanzig. Ursula wird um Viertel nach Zwölf ankommen, aber sie kann nicht lange warten."

Lotte ging halb, halb kroch sie auf den Metallzaun zu, der das Massengrab umgab. Da niemand damit rechnete, dass die Toten fliehen würden, war er nur ungefähr hüfthoch und ohne Stacheldraht obenauf. Es war ein Kinderspiel, den Zaun zu überqueren und auf die andere Seite zu plumpsen.

Ihr Atem kam stoßweise und sie spürte ihre Kräfte schwinden. Abgemagert bis auf die Knochen und ohne nennenswerte Muskeln wurde jede anstrengende Betätigung zu einer fast unüberwindlichen Aufgabe. *Wenigstens wiege ich nicht mehr viel.* Als ihr Herzklopfen schließlich so weit nachließ, dass sie weitergehen konnte, hörte sie die verdammte Kirchenglocke einmal läuten. Ein Viertel nach Mitternacht.

„Versteck dich in dem kleinen Wäldchen direkt gegenüber", hatte Anna erklärt.

Es war nicht weit, vielleicht hundert Meter, aber einen Fuß vor den anderen zu setzen, war eine der größten Herausforderungen, die sie je gemeistert hatte. Alle drei oder vier Schritte musste sie tief Atem holen, aber sie hielt nie an, gab nie auf.

Ich muss den Wald erreichen. Ich werde nicht aufgeben. Ich werde …

Lotte erreichte die Bäume und plumpste zu Boden, gerade als eine Frau auf einem Fahrrad vor ihr anhielt.

„Hier, nimm das und steig auf." Ursula reichte ihr einen Wollumhang und zeigte auf den Gepäckträger.

Lotte warf den warmen Umhang über ihren nackten

Körper und kollabierte auf dem Gepäckträger. Mit letzter Kraft hielt sie sich an Ursulas Hüften fest, als ihre Schwester schnell losradelte. Komplette Erschöpfung ließ die Fahrt wie in Trance verlaufen. Irgendwann hielt Ursula am Stadtrand an und Lotte fühlte, wie starke Arme sie zu einem kleinen Haus trugen, wo eine ältere Frau die Tür öffnete.

Sie wurde in den Keller gebracht, auf eine Pritsche mit einer Matratze, Bettwäsche und einem Kissen gelegt – *was für ein wunderbares weiches Kissen* – und mit einer warmen Decke bedeckt. Ursula kehrte zurück, hielt eine Tasse Hühnerbrühe an ihre Lippen und ließ sie die heiße Flüssigkeit in winzigen Schlucken trinken. Während ihre Knochen langsam auftauten, fielen Lottes Augen zu und Schlaf übermannte ihren zerschundenen Körper. Das letzte, was sie hörte, war das Knistern des Feuers im Ofen.

Ich bin in Sicherheit.

~

Am nächsten Morgen wachte Lotte erschrocken auf und starrte auf die unbekannte Umgebung. Sie kratzte sich an ihrer juckenden Kopfhaut.

Ursula schaute durch die Türöffnung. „Hey, Schlafmütze. Du bist wach."

„Wo bin ich?" Lotte drückte sich in eine sitzende Position.

„Bei Freunden. Hast du Hunger?"

Lotte nickte und brach dann in Tränen aus. „Ja. Ich will … kann ich mich irgendwo waschen? Es ist so lange her."

„Natürlich kannst du das. Komm, ich helfe dir." Ursula half ihr vom Bett auf und führte sie ins Badezimmer, ausgestattet mit einer hohen Wanne und einem Waschbecken mit fließendem Wasser. Ursula füllte die Wanne, legte ein Stück Seife auf den Rand und half dann Lotte, ihr Nachthemd auszuziehen.

Lotte blickte auf das weiche, weiße Material. Sie erinnerte sich nicht daran, es angezogen zu haben. Alles, woran sie sich erinnerte, war das Wollcape, das Ursula ihr gegeben hatte, bevor sie auf den Gepäckträger gestiegen war. Es spielte keine Rolle. Ihre Sittsamkeit war schon lange vorher mit Füßen getreten worden und sie erlaubte Ursula, ihr zu helfen, in das heiße Wasser zu sinken.

„Du hast keine Ahnung, wie gut sich das anfühlt", murmelte Lotte, als sie sich gegen die Wannenwand lehnte und dann die Augen schloss, als das heiße Wasser Wunder an ihrem geschundenen Körper wirkte.

„Nein, das tue ich wahrscheinlich nicht. Und ich will für keine Sekunde mit dir tauschen." Ursula kicherte, aber es war ein Lachen voller Mitgefühl. „Lehne dich vor und ich wasche dir die Haare. Erinnerst du dich, dass ich das immer gemacht habe, als du noch im Kindergarten gewesen bist?"

„Wenn man diese Stoppeln Haare nennen kann." Lotte blickte auf ein Büschel kurzer Haare, der an der Oberfläche schwamm.

„Keine Sorge. Die wachsen wieder. Du musst nur richtig essen und dich ausreichend ausruhen. Dann sind sie bald wieder so schön wie früher."

„Ich bin grau geworden", murmelte Lotte und fragte sich, wie viele andere Siebzehnjährige graue Haare hatten.

Wieder schmunzelte Ursula. „Nein, Lotte. Nicht grau, nur schmutzig und voller Asche aus dem Krematorium. Das wäscht sich raus."

Ursula wusch ihr sanft mit einer speziellen Seife gegen Läuse den Kopf und ließ sie dann allein. Zum ersten Mal seit fast vier Monaten war Lotte unbeobachtet. Nach ein paar Minuten kehrte Ursula zurück und brachte einige von ihren eigenen Kleidungsstücken mit. Sie half Lotte aus der Wanne und gab ihr ein sauberes Handtuch, mit dem sie sich abtrocknen konnte. Lotte erledigte diese Aufgabe schnell und zog dann die Unterwäsche an, die Ursula ihr gegeben hatte.

Seit ihrer Ankunft im Lager hatte sie keine mehr getragen und es war ein überwältigendes Gefühl, ihre Scham zu bedecken. Schon drohten ihre Tränen wieder zu fließen. Wann war sie zu einer solchen Heulsuse geworden? Lotte riss sich zusammen und erlaubte ihrer Schwester, ihr beim Anziehen zu helfen. Obwohl sie gute fünf Zentimeter größer als Ursula war, hing das Kleid ihrer Schwester wie ein Sack an ihr.

„Schau dir die Vogelscheuche an, die aus mir geworden ist. Ich bin so dürr", murmelte Lotte, als sie ihr Spiegelbild ansah.

Ursula stand neben ihr und legte einen Arm um ihre Schultern. „Du wirst wieder zunehmen. Du bist am Leben und frei, das ist alles, was zählt."

Lottes Seufzer wurde durch ein lautes Magenknurren unterbrochen. „Du hattest was von Essen gesagt?"

Ursula lachte. „Ja, aber ich will nicht, dass du zu viel isst. Du wirst sonst krank."

Die alte Frau hatte bereits den Tisch für Lotte gedeckt. Der herzhafte Geruch von Hühnerbrühe lag in der Luft und ließ das Wasser in Lottes Mund zusammenlaufen.

„Bin ich gestern Nacht gestorben und in den Himmel gekommen?" Lotte leckte ihre Lippen und tauchte den Löffel respektvoll in die Suppe, wo obenauf großzügige Fettaugen schwammen. „Hmmmmmmm… köstlich."

Sie zwang sich, die Schale nicht in die Hand zu nehmen und sie in einem Zug leerzutrinken. Als sie die Suppe ausgelöffelt und gründlich die Kartoffel- und Hühnerstücke darin gekaut hatte, war ihr Magen so voll, dass es weh tat. Lotte betrachtete die dick mit Butter bestrichene Scheibe Brot und schnüffelte, um das Aroma einzuatmen. *Frisches Brot. Echte Butter. Genau wie bei Tante Lydia.*

Tränen sprangen ihr in die Augen und sie berührte das Brot, um die weiche und flexible Textur zu spüren, hob es an ihre Nase, um den unverwechselbaren Duft zu genießen, und biss schließlich ein winziges Stück ab. Die salzige Butter zerging auf ihrer Zunge. Dann kaute sie das weiche Brot so lange, bis der hefige, leicht bittere Geschmack süß wurde.

Sie lehnte sich zurück und sah Ursula an. „Ich bin voll."

„Du kannst den Rest später essen. Es gibt genug."

Lotte griff nach Ursulas Hand. „Danke für alles."

„Dafür sind Schwestern da, oder?" Ursula sah sie liebevoll an.

Lotte hatte jede Menge Fragen und jetzt, da ihr Bauch voll war, hatte sie die Kraft, sie zu stellen. „Wie habt ihr mich überhaupt gefunden?"

„Tante Lydia hat Mutter angerufen, um uns zu sagen, dass du verschwunden bist. Es war ein ziemlicher Schock." Ursula schob sich eine blonde Haarsträhne hinters Ohr.

Lotte war das einzige der Kinder, das die rote Lockenmähne ihrer Großmutter geerbt hatte. Nun, es waren mal Locken gewesen. Jetzt sah es eher nach grau-rotem, gezupftem Gefieder aus.

Ursula hatte eine gewisse Wehmut im Blick, als sie vom Anruf ihrer Tante erzählte. Lotte spürte, dass es noch mehr gab, etwas, das Ursula nicht erwähnt hatte, aber ausnahmsweise fragte sie nicht nach. Wenn Ursula wollte, dass sie es erfuhr, würde sie es ihr schon noch erzählen.

„Tante Lydia sah, wie du in das Polizeiauto geschubst wurdest …"

„Also war sie es, die am Fenster stand. Geht es ihr gut?", fragte Lotte mit angehaltenem Atem.

„Ja." Ursula tätschelte Lottes Arm. „Zwei Wochen nachdem

du verhaftet wurdest, brachte sie das Kind zur Welt. Es ist ein Mädchen. Rosa."

Lotte lächelte.

„Herr Keller hat anscheinend versucht, ihr den Bauernhof wegzunehmen, aber da Onkel Peter und sie gute Freunde des Leiters des Bauernverbandes sind, ist es ihm nicht gelungen. Aber Tante Lydia konnte nicht verhindern, dass er dich in dieser Nacht verhaftet hat. Sie musste an ihre eigenen Kinder denken."

„Ich weiß. Und es tut mir so leid, dass ich ihr so viel Ärger bereitet habe."

„Am nächsten Tag ging sie zur Polizeiwache, um Herrn Keller anzuflehen, dich freizulassen, aber du warst nicht mehr da. Er hat ihr nicht erzählt, was passiert ist, und wir befürchteten das Schlimmste."

Uwe. Bei dem Gedanken schossen Lotte Tränen in die Augen.

„Einige Wochen später fanden wir heraus, dass du nach Ravensbrück geschickt wurdest", seufzte Ursula. „Mutter hat es nicht gut aufgenommen. Sie hatte einen Nervenzusammenbruch."

„Um Himmels willen. Wie geht es ihr jetzt?" Lotte konnte sich ihre Mutter nicht schwach vorstellen. Seit sie denken konnte, war Mutter immer eine energische Person gewesen, die vier Kinder – und einen Ehemann – mit wenig mehr als einem strengen Blick und ein paar gut gewählten Worten unter Kontrolle hielt.

Lotte hatte ihre Mutter immer für viel zu streng gehalten, weil sie alles, was Spaß machte, verbot und Lotte wieder und wieder gewarnt hatte, erst zu überlegen und dann zu handeln, und niemals unüberlegt mit etwas herauszuplatzen. *Wenn ich doch nur auf sie gehört hätte.*

„Sie weiß es noch nicht. Anna und ich hielten es für besser, es ihr erst zu sagen, nachdem wir dich gerettet haben, um eine weitere Enttäuschung zu vermeiden. Wir haben alles versucht, damit du in ein normales Gefängnis versetzt wirst, aber ohne Erfolg. Mit jedem weiteren Rückschlag zog sich Mutter mehr in sich selbst zurück."

Lotte fühlte die schwere Last der Schuld, weil sie ihrer Mutter so viel Kummer bereitet hatte.

„Dann bekamen wir Neuigkeiten über Vater und Richard. Nachdem sie tagelang mit niemandem geredet hatte, weigerte sich Mutter das Haus zu verlassen, außer um in den Schrebergarten zu gehen."

„Sind sie …?" Lotte wagte es nicht, ihre schlimmsten Befürchtungen auszusprechen.

„Vater ist ein Kriegsgefangener der Russen und, soweit wir wissen, noch am Leben. Aber Richard wird vermisst. Das letzte Mal wurde er in der Nähe von Minsk gesehen."

Lotte drückte ihre Hände gegen den Bauch, als ein quälendes Unwohlsein in ihr hochstieg und sie befürchtete, sie müsse sich übergeben. „Minsk? Wo ist das überhaupt?"

„Ich musste es auch in meinem Atlas nachschlagen. Es liegt in Weißrussland, knapp tausend Kilometer östlich von Berlin." Ursula lächelte traurig und streichelte die Hand ihrer Schwester. „Mutter gibt sich die Schuld für das was dir widerfahren ist, weil sie dich weggeschickt hat."

Lottes Augen weiteten sich. *Das* glaubte ihre Mutter?

KAPITEL 27

„Ich bin so stolz auf dich, Lotte."

Lotte traute ihren eigenen Ohren nicht. „Stolz? Was ich getan habe, war weder besonders mutig noch umsichtig." Sie hatte einen Vortrag über ihr unverantwortliches Verhalten erwartet, aber Lob? Noch dazu von Ursula, die noch nie in ihrem Leben etwas Verbotenes getan hatte?

„Sag das nicht. Wir haben von den versteckten Juden und den gefälschten Papieren erfahren." Ursulas blaue Augen ruhten auf ihr mit dem Stolz, den nur eine ältere Schwester zeigen konnte.

„Ich bereue es nicht, ihnen geholfen zu haben. Aber ich wünschte, ich hätte die Dinge besser geplant." Lotte nahm einen Schluck kalter Milch aus dem Glas vor sich und leckte dann wie eine Katze ihren Mund ab, um keinen einzigen Tropfen zu verschwenden.

„Ja, das hättest du tun sollen. Aber das spielt jetzt keine Rolle mehr. Wichtig ist, dass du das Richtige getan und das Ganze überlebt hast." Ursula zerzauste Lottes Haarstoppeln.

„Wer bist du und was hast du mit meiner Schwester

gemacht, Betrügerin?", neckte Lotte. Die Ursula, die sie kannte, würde niemals eine verbotene Handlung dulden, ob moralisch gerechtfertigt oder nicht. Juden zu verstecken und Papiere zu fälschen fielen definitiv in die Kategorie *verboten*.

„In den letzten Monaten ist viel passiert und ich habe mich verändert", lachte Ursula.

„Das sehe ich mit Erstaunen. Wie konntest du nur so verwegen sein, mich aus dem Lager zu schmuggeln? Ist es nicht verboten, einer Gefangenen bei der Flucht zu helfen?" Lotte wollte sich mit der Hand durch die Haare fahren, hielt aber auf halbem Weg inne. Diese Angewohnheit hatte sie vor Monaten aufgegeben, um ihre Hände frei von Läusen und Schmutz zu halten.

„Nun, sagen wir, ich hatte eine Offenbarung und beschloss, dass einige Gesetze gebrochen werden sollten."

Lotte starrte ihre Schwester ungläubig an.

„Ob du's glaubst oder nicht, ich habe mich einem Untergrundnetzwerk angeschlossen, das Juden versteckt und ihnen hilft, aus Deutschland zu fliehen."

„Du tust was?" Lotte schüttelte den Kopf. War denn die ganze Welt verrückt geworden, während sie im Lager dahinvegetiert war? „Ursula, du musst vorsichtig sein."

Ihre Schwester schmunzelte. „Sieh an, wer da spricht. Keine Sorge, wir sind sehr vorsichtig. Immer."

„Weiß Mutter davon?"

Ursulas Lächeln wurde verschlagen. „Sagen wir einfach, sie ist eine stillschweigende Komplizin, indem sie so tut, als ob sie nicht bemerken würde, dass wir Vorräte aus der Speisekammer stibitzen, wenn wir mal wieder jemanden ein paar Tage im Schrebergarten verstecken."

„Menschenskinder! Ich verbringe ein paar Monate in der Hölle, und wenn ich zur Erde zurückkehre, ist sie keine Kugel mehr? Du arbeitest als Subversive und Mutter tut so, als bemerke sie nichts. Was weiß ich sonst alles nicht?"

„Einiges. In den letzten Monaten sind so viele Dinge passiert", seufzte Ursula.

„Vier Monate … es fühlt sich eher wie vier ganze Leben an." Lottes Stimme wurde leiser und sie starrte auf die Wand, unsicher, ob ihre Schwester erwartete, dass sie über die Bedingungen im Lager berichtete. „Es war so schrecklich. Unmenschlich. Auf eine Nummer reduziert, ein Objekt, das ausgebeutet und gequält wird. Ich kann nicht … ich kann nicht darüber reden."

„Das musst du nicht, Süße, nicht jetzt. Du musst vergessen und deinen Körper heilen lassen. Wir haben genug andere Quellen, die uns berichten, was in den Lagern passiert. Anna zum Beispiel."

„Anna!", schrie Lotte und sprang dabei auf, so dass ihr Stuhl umfiel. Wie hatte sie Anna vergessen können?

„Was ist mit Anna?" Ursulas Hand flog an ihre Brust.

Lotte wrang die Hände und brach in kalten Schweiß aus, als sie sich an den Blick in Annas Augen erinnerte, nachdem der Doktor …

Sie schniefte und sah Ursula an. „Anna hat … der Arzt, er hat herausgefunden, dass wir Schwestern sind, und er … er hat sie gezwungen … sie … er hat sie geschändet!"

„Du warst dabei?", fragte Ursula entsetzt.

Lotte nickte und ihre Stimme wurde zu kaum mehr als einem Flüstern. „Er zwang sie, seine Geliebte zu werden, im Tausch für sein Schweigen."

Ursula presste ihre Lippen zusammen und setzte sich etwas gerader auf. „Sie wusste von den Risiken."

„Wir müssen ihr helfen", schrie Lotte, geplagt von Schuldgefühlen wegen des furchtbaren Opfers, das Anna für sie erbracht hatte.

„Nein. Anna muss damit selbst zurechtkommen. Wir dürfen nichts tun, was nicht nur euch beide, sondern alle an deiner Rettung Beteiligten gefährden könnte." Ursula hob den umgeworfenen Stuhl auf und stellte ihn wieder an den Tisch.

„Es waren noch mehr Leute beteiligt?"

„Ja. Eine Menge sogar. Deshalb können wir im Moment nichts für Anna tun."

Lotte hielt es für grausam und herzlos, Anna sich selbst zu überlassen, aber Ursula hatte wahrscheinlich recht. Sie atmete mehrmals tief ein. „Was machen wir jetzt?"

„Ich habe etwas für dich." Ursula schenkte ihr ein Lächeln. „Komm mit."

Lotte folgte ihr zurück in den Keller und ließ sich auf das Bett fallen, während Ursula verschwand, um etwas zu holen. Lotte war müde, aber satt. Zum ersten Mal seit Monaten war das quälende Nagen an ihren Eingeweiden verschwunden.

Vorsichtig hob sie eine Hand und berührte ihr Haar. Es fühlte sich überraschend weich an. Sie ließ die Hand über den gesamten Kopf gleiten und sah dann auf ihre Fingerspitzen. Sauber. Erst dann bemerkte sie die Abwesenheit eines weiteren ständigen Begleiters der letzten Monate – das Jucken und Beißen. Sie war wirklich wiedergeboren worden.

Ursula kehrte zurück und übergab Lotte einen Ausweis. Sie drehte das Papier um und keuchte auf: eine gesunde junge Frau mit lockigem rotem Haar blickte sie verschmitzt an. *Das bin ja ich!*

Es handelte sich um einen nagelneuen Ausweis auf den Namen Alexandra Wagner, geboren am 28. Februar 1926. Sie streichelte das Papier mit dem Daumen. Im Gegensatz zu so vielen anderen, die umgekommen waren, hatte sie eine zweite Chance bekommen.

„Woher hast du das Foto?", fragte Lotte.

Ursulas Gesicht verdüsterte sich. „Das ist von meiner Hochzeit vor fast einem Jahr."

„Wie kann ich dir jemals für alles danken, was du für mich getan hast?" Lotte war zutiefst gerührt.

„Danke mir, indem du dich schnell erholst und die mitfühlende, unverblümte und gerechtigkeitsliebende junge Frau bleibst, die du bist." Ursula schloss sie in die Arme und Lotte bemerkte neidvoll den vollen Busen und die runden Hüften ihrer Schwester. Ihre eigenen Brüste waren nur noch hängende Hautlappen.

„Was ist mit Andreas?", fragte Lotte. Sie konnte das Gesicht ihrer Schwester nicht sehen, aber sie spürte, wie Ursula in sich zusammensackte.

„Er ist weg."

„Weg? Aber ihr habt doch erst geheiratet?" Lottes Verstand funktionierte nicht mehr so wie vor ihrer Inhaftierung.

„Ja, tot. Den Ehrentod als Soldat gestorben."

„Es tut mir so leid." Lotte hielt ihre Schwester fester.

„Er ist schon im Mai gestorben. Ich hätte es dir früher sagen sollen, aber ich konnte mich nicht dazu durchringen, die Worte auszusprechen. Ich schätze, ich habe irgendwie gehofft, dass er zurückkommen würde, wenn ich niemandem von seinem Tod erzähle." Ursula ließ sie los und stand vom Bett auf. „Du solltest dich ausruhen. Wenn du Hunger hast, komm nach oben. Die Verdunkelungsvorhänge werden immer geschlossen sein, damit dich niemand entdeckt."

KAPITEL 28

Lotte blieb in der Obhut der alten Frau zurück, als Ursula am nächsten Tag nach Berlin zurückkehrte. Zwei volle Wochen lang tat sie nicht viel mehr als schlafen und essen. Weil sie aussah wie ein Skelett, durfte sie nicht nach draußen – die Gefahr, als Lagerhäftling erkannt zu werden, war zu groß.

Nachdem sie fünf Kilo zugenommen hatte und mit einem modischen Kurzhaarschnitt – ein Geschenk der Hausbesitzerin –, hing Ursulas Kleid zwar immer noch an ihr wie ein Sack, aber Lotte sah wieder wie ein Mensch aus.

Es war an der Zeit, die Stadt Ravensbrück zu verlassen und sich an einem sicheren Ort weit weg zu verstecken, wo niemand sie als geflohene Lagerinsassin verdächtigen oder sie als die *verstorbene* Charlotte Klausen erkennen würde.

Alexandra Wagner. Ihr neuer Name war noch ungewohnt, aber zumindest hatten ihre Schwestern die Geistesgegenwart besessen, ihren zweiten Vornamen zu verwenden. Worüber sie sich am meisten freute, war ihr neuer Geburtstag. In weniger als einem Monat würde sie achtzehn werden. Ein Lächeln erschien auf ihren Lippen. Wie jede Jugendliche sehnte sie sich danach ein Jahr älter zu werden und jetzt würde dieser Tag sieben Monate früher kommen.

Am Wochenende kam Ursula wieder nach Ravensbrück und gemeinsam fuhren sie nach Berlin. Nach Hause. Aber Lotte wusste, dass sie dort nicht bleiben konnte. Ursula hatte einen sicheren Ort versprochen, an dem sie sich verstecken und so lange wie nötig erholen konnte.

Während Lotte die Nazis mehr denn je hasste und sich danach sehnte, ihren Teil dazu beizutragen, sie zu bekämpfen, akzeptierte sie auch die Tatsache, dass sie in ihrem derzeitigen Zustand der Sache nicht viel nützen würde. Fürs Erste war sie begeistert von der Aussicht, Mutter zu sehen, bevor sie in einen gottverlassenen Winkel Deutschlands abreiste.

„Wie geht's dir, Lotte? Bereit, diesen Ort zu verlassen?“, begrüßte Ursula sie.

„Mehr, als du dir vorstellen kannst.“ Lotte grinste ihre Schwester an. Jeden Tag hatte sie an Gewicht und Kraft zugenommen und fühlte sich nun voller Energie. Eingehüllt in einen dicken Wintermantel und lange Wollhandschuhe, einen schicken Hut auf dem Kopf, folgte sie Ursula zum Bahnhof.

Erinnerungen an ihre Ankunft ergriffen sie und ihr Herz begann zu rasen. Ursula musste ihre innere Aufruhr gespürt haben, denn sie hakte sich bei ihr unter und flüsterte: „Es ist gut. Alles ist gut.“

Erst an Bord des Zuges nach Berlin Gesundbrunnen konnte Lotte wieder unbeschwert atmen. Während der dreistündigen Reise bestaunte sie den Unterschied zwischen diesem Personenzug und dem Viehwaggon, in dem sie vor Monaten hergekommen war. Ein Schaudern lief ihr über den Rücken, das sich im nächsten Augenblick in Panik verwandelte, als ein Schaffner die Abteiltür öffnete, um ihre Fahrkarten abzustempeln, gefolgt von der SS, die die Papiere überprüfte.

Sie blinzelte und zwang ihre Hand, stillzuhalten, als sie ihren neuen Ausweis übergab. Der SS-Mann inspizierte die beiden Frauen – die keine Schwestern mehr waren, sondern enge Freundinnen – von oben bis unten und ging dann weiter.

Lotte sackte in sich zusammen. Ihre Papiere hatten die Feuerprobe bestanden.

Als sie in Berlin Gesundbrunnen ankamen, wartete ihre Mutter bereits auf dem Bahnsteig. *Sie sieht alt und betrübt aus.*

„Charlotte! Oh, mein liebes Mädchen. Sieh dich an! Du hast so viel Gewicht verloren. Und dein schönes Haar."

„Mutter, sie heißt Alexandra", flüsterte Ursula und warf ihr einen warnenden Blick zu. „Sie ist am Leben. Alles andere wird sich mit der Zeit ergeben."

„Ich weiß. Ich habe nur nicht erwartet, dass sie so schlecht beieinander ist. Nun, egal. Du bist jetzt hier. Ich bin so froh, dich zu sehen." Mutter umarmte Lotte ganz fest.

Lotte schmiegte sich an sie. In den Armen ihrer Mutter zu sein, schälte so viele Schichten Herzschmerz weg. Mutter ging einen Schritt zurück, streckte sich und strich mit einer Hand über Lottes Wange, gab ihr einen Wangenkuss und umarmte sie dann wieder. Es war eine eher ungewöhnliche Zurschaustellung von körperlichen Zärtlichkeiten.

„Mutter. Alexandra. Wir sollten dieses Wiedersehen an einem privateren Ort fortsetzen", schlug Ursula vor, als sie bemerkte, dass die kleine Gruppe begann, Aufmerksamkeit auf sich zu ziehen. Auch wenn Lottes gefälschte Papiere der Prüfung eines SS-Mannes standgehalten hatten, wäre es nicht opportun, das Interesse der Gestapo oder anderer Polizeibeamter zu erregen, von denen es im Bahnhof nur so wimmelte.

„Ja, lass uns irgendwo hingehen, wo wir uns unterhalten können." Lotte löste sich aus der Umarmung ihrer Mutter. Sie musste Mutter in Ruhe davon überzeugen, dass das, was als Nächstes geschehen würde, zum Besten aller Beteiligten war.

Zunächst hatte sie mit Händen und Füßen gegen Ursulas Vorschlag gekämpft, aber nach einigem Nachdenken war ihr klar geworden, dass es kaum eine andere Möglichkeit gab. Sie konnte weder bei Mutter noch bei Tante Lydia oder anderen Verwandten leben, da sie sonst riskierte, als Charlotte Klausen erkannt zu werden.

Die Mutter Oberin des Klosters in Kaufbeuren hatte freundlicherweise zugestimmt, dass Lotte / Alexandra so lange bei ihnen im Waisenhaus bleiben konnte, wie sie wollte. Natürlich würden die Nonnen das nie offen zugeben, aber ihr Kloster spielte eine wichtige Rolle in der Untergrundorganisation, für die Ursula arbeitete.

Während Ursula wünschte, dass Lotte bis zum Ende des Kriegs in der Sicherheit des Klosters bliebe, hatte Lotte selbst andere Pläne. Aber ihr nächster Versuch, dem Regime Widerstand zu leisten, würde auf einem soliden Fundament aufbauen.

Sie gingen zu einer kleinen Bäckerei auf der anderen Straßenseite und Lotte schnappte beim Anblick der totalen Zerstörung um sie herum mehrmals nach Luft. Trümmer, wohin sie auch schaute, graue Gesichter von verzweifelten Frauen und Männern, die mühevoll die Straßen von Schuttbergen befreiten.

In der Bäckerei bestellten sie Pfannkuchen und Ersatzkaffee.

„Dieser Muckefuck ist kaum trinkbar“, beschwerte sich Ursula.

Lotte legte ihren Kopf schief. „Du hättest das faulige Geschirrspülwasser probieren sollen, das sie uns als Kaffee verkauft haben.“

„Tut mir leid“, sagte Ursula und sowohl sie als auch Mutter warfen Lotte einen beschämten Blick zu. „Ich schätze, dann ist Muckefuck eine Delikatesse.“

Nach etwa einer halben Stunde zeigte Ursula auf ihre Armbanduhr und nickte Lotte ermutigend zu. Lotte stöhnte innerlich auf. Jetzt kam der schwierigste Teil.

„Mutter, ich habe nicht viel Zeit", begann Lotte mit einem Kloß im Hals.

„Wie? Du bleibst nicht hier?" Mutters Augen huschten zwischen ihren beiden Töchtern hin und her. „Was habt ihr mir nicht erzählt?"

„Hier ist es nicht sicher. Wir haben darüber gesprochen, Mutter." Ursula kam Lotte zu Hilfe.

„Ja. Und ich verstehe, dass mit der neugierigen Frau Weber als Nachbarin, Charl..." Sie schüttelte den Kopf bei ihrem Versprecher. „Alexandra nicht nach Hause kommen kann. Aber ich dachte, sie würde zumindest in Berlin bleiben, wo ich sie im Auge behalten kann. Das letzte Mal, als ich sie weggeschickt habe, endete in einer Katastrophe." Mutter schien mit jedem Wort, das sie sprach, zu schrumpfen.

„Mutter." Lotte rückte ihren Stuhl näher an den ihrer Mutter heran und nahm deren Hände in ihre eigenen. „Was passiert ist, war ganz allein meine Schuld. Es gibt nichts, was du hättest tun können, um es zu verhindern."

Mutter lächelte ein wenig, aber ihre Augen waren voller Trauer.

Lottes Herz zog sich schmerzhaft zusammen. „Mein Zug fährt in zwanzig Minuten ab."

„Wo gehst du hin?", flüsterte Mutter.

„An einen sicheren Ort", sagte Ursula schnell. „Sie wird dort bleiben, bis sich die Dinge ändern. Aber sie wird in Sicherheit sein. Ich verspreche es."

Lotte drückte die Hand ihrer Mutter. „Es ist das Beste. Dort kann ich so viel helfen, während ich hier nur eine Belastung wäre. Wenn jemals jemand herausfindet, was Ursula und Anna getan haben ... wir wären alle in Schwierigkeiten."

„Schreibst du wenigstens?"

„Wenn ich kann." Lotte hatte noch nicht mit Ursula darüber gesprochen, ob und wie sie mit ihrer Mutter in Kontakt bleiben konnte oder welche Auswirkungen dies auf ihre Schwestern haben würde. Die beiden hatten ihr ein neues Leben geschenkt und sie war fest entschlossen, die Tollkühnheit der Vergangenheit zu begraben. Von nun an würde sie immer in überlegter Absicht und mit einem gut durchdachten Plan vorgehen. Die Folgen ihrer unüberlegten Handlungen waren zu grauenvoll gewesen, um sie ein zweites Mal zu ertragen.

„Gott segne dich", sagte Mutter und umarmte sie ein letztes Mal. „Pass auf dich auf."

„Das werde ich." *Mehr, als du dir vorstellen kannst.*

Ein Pfeifen ertönte und Ursula sagte: „Das ist dein Zug. Du musst einsteigen."

„Ich liebe dich, Mutter. Pass auf dich auf und mach dir keine Sorgen um mich. Mir wird es gut gehen." Lotte hob die kleine Tasche auf, die Ursula ihr gegeben hatte. Sie enthielt Wechselwäsche und einige Kleidungsstücke, von denen ihr keines passte, aber Ursula hatte ihr versichert, dass die Nonnen alles haben würden, was Lotte brauchte, um die Kleider abzuändern, sobald sie im Kloster war.

Am nächsten Tag kam sie am Bahnhof in Kaufbeuren an. Besorgt versuchte sie sich daran zu erinnern, wie man von der Stadt ins Kloster kam. Aber zu ihrer Erleichterung warteten zwei Nonnen auf dem Bahnsteig auf sie. Lotte lächelte zögernd und folgte ihnen dann, als sie den Weg zum Kloster einschlugen.

„Danke, dass sie mich abgeholt haben", sagte sie, als sie eine fast verlassene Straße entlanggingen.

„Nicht der Rede wert, das haben wir gern gemacht", antwortete eine der Nonnen. Einige Minuten später kamen sie im Kloster an, wo zwei Jungs die Treppen hinunterstürmten.

„Hallo!", riefen sie.

„Wie geht es euch?" Rachels Brüder waren in den letzten Monaten stark gewachsen und schienen den Verlust ihrer Eltern und Schwestern recht gut verkraftet zu haben.

„Uns geht es gut. Warst du krank?", fragte Israel.

Lotte fing an, den Kopf zu schütteln, dann nickte sie stattdessen. Es gab keinen Grund, diesen Kindern von den Gräueltaten zu erzählen, die in den Lagern verübt wurden. Sollten sie das bisschen Unschuld behalten, das sie noch besaßen. „Es geht mir schon besser. Ich werde eine Weile bei euch bleiben."

„Gut. Das ist gut", sagte Israel und zog seinen Bruder am Arm. „Die Zimmer der Mädchen sind in diese Richtung."

„Danke." Lotte folgte der Nonne mit einem Lächeln im Gesicht in die Mädchenunterkünfte. Die beiden Jungen rannten davon, um im Garten zu spielen.

Ihr neues Zuhause war ein großer Raum im Obergeschoss eines Seitengebäudes des Klosters. Er war mit vierundzwanzig Etagenbetten und mehreren Gitterbetten ausgestattet. Hier würde sie auch nicht viel Privatsphäre haben, aber sie hatte ein Bett mit einer Matratze, Bettwäsche, Kissen und einer Decke ganz für sich allein.

An den Schlafsaal grenzte ein Badezimmer mit sechs Duschen und sechs Waschbecken. Auf der gegenüberliegenden Seite des Schlafsaals waren die Toiletten. Jedes Mädchen verfügte über einen Spind, in dem sie ihre Sachen aufbewahren konnte.

Die Nonne unterbrach Lottes Begutachtung. „Die beiden Knaben haben sich sehr gut eingelebt. Sie scheinen sich mit ihrer Situation arrangiert zu haben. Gott sei gesegnet."

„Ja, sie machen einen geradezu fröhlichen Eindruck."

„Das sind sie – tagsüber, aber nachts hören wir sie oft

weinen." Die Nonne drehte sich um, um zu gehen. „Nimm dir Zeit, auszupacken. Beim Mittagessen wirst du allen vorgestellt."

Lotte entschied, ihre schwierigste Aufgabe sofort zu erledigen, und fragte: „Könnten Sie mir sagen, wo ich Schwester Margarete finden kann?"

Die Nonne runzelte die Stirn. „Ihr kennt euch?"

„Wir haben uns vor einigen Monaten getroffen und ich möchte gerne mit ihr sprechen."

Die Nonne zeigte auf das Fenster. „Sie ist jeden Tag um diese Zeit im Gebetsgarten. Wenn du die Treppe hinuntergehst und dann nach links, findest du eine Tür, die in den Garten führt."

„Danke, Schwester."

„Gern geschehen."

Lotte atmete noch ein paar Mal tief durch und verstaute ihre paar Habseligkeiten im Spind, bevor sie sich auf der Suche nach dem Gebetsgarten ins Treppenhaus begab.

Schwester Margarete saß schweigend vor einem großen Brunnen, der jetzt im Winter kein Wasser führte, aber trotzdem schön war. Lotte schlug ihren Kragen hoch, als eine kalte Brise durch den Garten fegte, dankbar für den Schutz, den ihr Wintermantel bot.

„Schwester Margarete?", fragte sie leise.

Die Nonne hob ihren Kopf und ihre Augen öffneten sich weit, als sie Lotte erkannte. „Charlotte, richtig? Uwes Freundin. Du hast uns Peter und Klaus anempfohlen."

Peter und Klaus? Lotte runzelte die Stirn. „Eigentlich heiße ich Alexandra." *O ja, Israel und Aron haben ja auch neue Namen. Das hatte ich völlig vergessen.*

„Bitte, setz dich doch." Schwester Margarete machte eine einladende Handbewegung, ohne Charlottes neuen Vornamen zu kommentieren, aber ihre klaren blauen Augen zeigten, dass sie Bescheid wusste. Auch darüber, dass Peter und Klaus nicht die richtigen Namen der beiden Jungs waren. Dass sie den Grund kannte, warum deren Schwestern es nicht ins Kloster geschafft hatten. Und wusste, warum Charlotte nun Alexandra hieß.

Lotte räusperte sich. „Ich wollte ihnen persönlich sagen, wie leid es mir wegen Uwe tut."

„Er ist jetzt bei Gott." Die Stimme von Schwester Margarete wurde bei der Erinnerung an ihren Neffen sanfter.

„Ja, aber … aber es war meine Schuld. Sie haben ihn umgebracht, weil er mir geholfen hat." Lottes Augen füllten sich schon wieder mit Tränen. Bisher hatte sie noch keine Gelegenheit gehabt zu trauern. Im Lager bedeuteten Tränen Schwäche und Schwäche Tod, also hatte sie die Gedanken an Uwe weggeschoben, wann immer sie ihr in den Sinn gekommen waren. Aber hier, so nah an dem Ort, wo sie die süße erste Liebe erlebt hatte, konnte sie ihre Tränen nicht mehr zurückhalten.

„Alexandra, du musst wissen, dass es nicht deine Schuld war." Schwester Margarete sah sie voller Mitgefühl an. „Wir mögen Gottes Pläne nicht immer verstehen, aber alles geschieht aus einem bestimmten Grund. Uwe traf seine eigenen Entscheidungen und ich vertraue darauf, dass er das tat, was er für richtig hielt. Er würde nicht wollen, dass du dich schuldig fühlst für etwas, das er aus freiem Willen getan hat. Nein, er würde wollen, dass du dir selbst vergibst. Es bringt nichts, Schuldgefühle mit sich herumzutragen wegen Dingen, die man nicht ändern kann. Sei in Frieden mit dir selbst und wisse, dass auch Uwe in Frieden ist."

Eine Sturzflut von Tränen ergoss sich über Lottes Gesicht. „Es tut mir leid, Schwester Margarete. Dieser Tage muss ich bei jeder Gelegenheit heulen."

Die Nonne legte einen Arm um Lottes Schultern und nahm

ihre Hände in ihre freie Hand. „Für das, was du erlitten hast, hast du das Recht, zu weinen. Weine, so oft du willst, und dann nimm die Gefühle, die deine Tränen verursacht haben, und benutze sie als Wegweiser, um Recht und Unrecht voneinander zu unterscheiden. Wir dürfen nicht zulassen, dass dieser Krieg alles Göttliche, Anständige und Menschliche in uns zerstört. Wir müssen stärker sein als das Böse, das geschickt wurde, um uns zu verführen."

Lotte fühlte eine große Dankbarkeit in sich aufsteigen und sie schloss die Augen, um ein Gebet für die Seelen der Toten und der noch Leidenden zu sprechen.

Die Nazis hatten versucht, sie zu vernichten, aber sie hatte überlebt.

~

KAPITEL 29

Vielen Dank, dass Sie sich die Zeit genommen haben, DUNKLE NACHT zu lesen.

Wenn Ihnen das Buch gefallen hat, würde ich mich sehr über eine Rezension freuen.

Das nächste Buch der Reihe handelt von Anna. Anna befindet sich in einer schrecklichen Situation als Geliebte eines Mannes, den sie verabscheut. Wird sie einen Weg finden, sich selbst zu retten, ohne ihre Schwester und das gesamte Widerstandsnetzwerk zu gefährden?

Hier vorbestellen: Tödlicher Ehrgeiz

Melden Sie sich für meinen Newsletter an, um als Erste zu erfahren wann ein neues Buch erscheint.

Ich schicke circa einmal im Monat ein Email mit Hintergrundinformationen zu meinen Büchern, und natürlich Neuerscheinungen, sobald es sie gibt.

http://kummerow.info/newsletter-deutsch

ANMERKUNGEN DER AUTORIN

Liebe Leserin, lieber Leser,

vielen Dank, dass Sie DUNKLE NACHT gelesen haben. Falls Sie bereits BLONDER ENGEL gelesen haben, wussten Sie ja bereits, dass Lotte eine Katastrophe ist, die nur darauf gewartet hat, zu passieren. Ihr Gerechtigkeitssinn und ihre Unverblümtheit würden sie früher oder später mit den Nazis auf Konfrontationskurs gehen lassen.

Das Konzentrationslager Ravensbrück war das einzige Lager, das ausschließlich für Frauen vorgesehen war (obwohl 1941 ein kleiner Teil für Männer hinzugefügt wurde), und gleichzeitig ist es das am meisten vergessene Lager der Geschichte, da es „nur" ein Arbeits- und Straflager war, kein Vernichtungslager wie Auschwitz oder Treblinka. Es war auch eines der wenigen Lager, in dem die Mehrheit der Häftlinge nicht jüdisch war, aus dem einfachen Grund, dass Juden in der Regel zur Vergasung nach Auschwitz geschickt wurden.

„Ravensbrück war ein Gräuel, das die Welt beschlossen hat zu vergessen.“ Francois Mauriac.

DUNKLE NACHT soll an all die unglücklichen Frauen erinnern, die dort leben und sterben mussten.

Die erwähnten abscheulichen medizinischen Experimente an den *Króliki,* oder Kaninchen, sechsundachtzig meist polnische Frauen, gab es wirklich. Dr. Karl Gebhardt, beratender Chirurg der Waffen-SS, Chefarzt der Hohenlychener Klinik und Leibarzt von Heinrich Himmler, überwachte diese schrecklichen Experimente, die von Juli 1942 bis August 1943 in Ravensbrück stattfanden. Er hat mich zu der Person des fiktiven Doktor Tretter inspiriert.

Allerdings habe ich die Zeitlinie im Buch etwas angepasst und die medizinischen Experimente bis Ende 1943 verlängert, damit sie noch während Lottes Lageraufenthalt passieren.

Die Bundeszentrale für politische Bildung hat einen sehr ausführlichen Artikel zu den medizinischen Experimenten in Ravensbrück:

http://www.bpb.de/geschichte/nationalsozialismus/ravensbrueck/60697/frauenlager-ravensbrueck?p=2

Eine weitere wahre Begebenheit gab mir die Idee, wie Lotte gerettet wird: der Fleckfieberimpfstoff. Damit hat der polnische Arzt Eugeniusz Sławomir Łazowski 8.000 Juden vor der Deportation in eines der Konzentrationslager gerettet. Sein Trick war es, ihnen tote Fleckfieberbakterien (einen improvisierten Impfstoff) zu injizieren, die sie immun machten, aber bei einer Blutprobe wurden sie positiv auf die gefürchtete Krankheit getestet.

Die Nazis hatten furchtbare Angst vor einer Fleckfieberepidemie, weil es damals kaum möglich war, sie einzudämmen (die Krankheit wird durch Läuse übertragen) und sie Hunderttausende von Soldaten und Zivilisten während des Ersten

Weltkriegs getötet hatte. Anstatt Gefahr zu laufen, während des Transports erkrankter Personen in Vernichtungslager selbst angesteckt zu werden, zogen sie es vor, die Infizierten unter Quarantäne zu stellen und die Krankheit ihre schreckliche Arbeit verrichten zu lassen.

Bedanken möchte ich bei allen, die mir mit diesem Buch geholfen und mir Mut zugesprochen haben. Ganz besonders meiner Cover-Designerin Daniela Colleo, von stunningbookcovers.com, mit der ich nun schon seit vielen Jahren zusammenarbeite und die jedes Mal meine etwas konfusen Ideen zu einem tollen Bild zusammensetzt.

Natürlich will ich mich auch bei allen meinen Leserinnen bedanken, die mich kontaktiert haben, um mir zu sagen, wie toll ihnen eines meiner Bücher gefallen hat.

Marion Kummerow

BÜCHER VON MARION KUMMEROW

Liebe und Widerstand im Zweiten Weltkrieg

- Band 1: Unnachgiebig
- Band 2: Unerbittlich
- Band 3: Unerschütterlich

Kriegsjahre einer Familie

- Prolog: Gewagte Flucht
- Band 1: Blonder Engel
- Band 2: Dunkle Nacht
- Band 3: Tödlicher Ehrgeiz

KONTAKTINFORMATIONEN

Ich freue mich über jede Zuschrift:

Twitter:
http://twitter.com/MarionKummerow

Facebook:
http://www.facebook.com/AutorinKummerow

Website
http://www.kummerow.info

www.ingramcontent.com/pod-product-compliance
Ingram Content Group UK Ltd.
Pitfield, Milton Keynes, MK11 3LW, UK
UKHW041838190726
13854UKWH00002B/594